LAS DAMAS DE LA HABANA Y SUS JOYAS

COLECCIÓN CUBA Y SUS JUECES

EDICIONES UNIVERSAL, Miami, Florida, 2015

José Ramón Fernández Álvarez

LAS DAMAS DE LA HABANA Y SUS JOYAS

Un mito persistente en la historia de Cuba

Copyright © 2015 by José Ramón Fernández Álvarez

Primera edición, 2015

EDICIONES UNIVERSAL
P.O. Box 450353 (Shenandoah Station)
Miami, FL 33245-0353. USA
e-mail: ediciones@ediciones.com
http://www.ediciones.com

Library of Congress Catalog Card No.: 2015948655
ISBN-10: 1-59388-271-8
ISBN-13: 978-1-59388-271-6

Composición de textos: María Cristina Zarraluqui

Diseño de la cubierta: Luis García Fresquet

Todos los derechos
son reservados. Ninguna parte de
este libro puede ser reproducida o transmitida
en ninguna forma o por ningún medio electrónico o mecánico,
incluyendo fotocopiadoras, grabadoras o sistemas computarizados,
sin el permiso por escrito del autor, excepto en el caso de
breves citas incorporadas en artículos críticos o en
revistas. Para obtener información diríjase a
Ediciones Universal.

A las damas de mi vida

Contenido

Contenido ix
Prólogo xi
Agradecimientos xvii
A modo de introducción 3
El mito germina 7
La verdad desnuda 11
El entorno histórico 19
La misión de Rochambeau 23
El camino a Yorktown 27
Una familia poderosa 33
Un agente con poderes 39
De Grasse en el Guarico 45
La Habana, la flota y la plata 51
De Grasse desgraciado 57
El mito descubre a Cuba 67
Cuba descubre el mito 73
Españoles y americanos 77
Acuerdos discordantes 85
El mito como arma 99
La dama de la lista 103
La plata habanera y Washington 107

El destino de la plata habanera 113
La importancia de la plata habanera 117
Anexo I..129
Anexo II...131
Anexo III 135
Bibliografía 137
Índice 147

Prólogo

Mucho me satisface el haber sido invitado para hacer el prólogo a este libro por su autor, José Ramón Fernández Álvarez, y aprovecho esta oportunidad para darle las gracias por lo que considero un honor inmerecido. Este trabajo de *Pepe* Fernández describe y descubre una parte oscura de la historia de Cuba. Aunque no tenga intenciones biográficas, nos hace una reseña profunda de casi todo el elenco que participó en el suceso que da título al trabajo. Se trata de un ensayo objetivo y justo, de un relato que tiene como virtudes ni disimular defectos o errores, ni recortar o falsificar verdades.

Por supuesto que para escribir un libro de este calibre histórico se ha tenido que recorrer el camino de tres flotas en el Siglo XVIII, la inglesa, la española y la francesa; las intrigas del poder entre Francia y los representantes de las Trece Colonias; otros tres ejércitos, el franco-norteamericano, el inglés y el que operaba bien al sur, el hispano-criollo de Gálvez. También nos remite esta obra a la masonería, al protestantismo de esos años y, como epicentro de toda esta historia, a la verdad y a las mentiras del papel que de cierto jugaron el "situado" de México, los prestamistas habaneros y la leyenda de *Las damas de La Habana*.

El lector inteligente encontrará en esta obra la armonía en conjunto con elementos investigativos y una documentación organizada y limpia; primeras y segundas fuentes informativas que despejarán todas las dudas y confusiones que, con los años y una buena dosis de maldad, se han ido acumulando en un mito histórico que, de una anécdota sin mucha importancia, se ha convertido en un gran favor olvidado e impagable por parte de los EE.UU. y nunca bien cobrado y mal recordado por la isla de Cuba.

En este ensayo histórico, su autor, José R. Fernández Álvarez, fue capaz de hacer un trabajo investigativo de primer orden, derribar el mito de *Las damas de La Habana*, y de esta manera encender la luz necesaria en los oscuros recovecos de la intriga política y diplomática. Después de todo, el episodio transcurre en los tiempos de los iluminados del Rococó que leían a Voltaire. Fernández Álvarez nos refiere a la corrupción colonial, la avaricia de conquistar y anexar más territorios y, por supuesto, nos brinda el relato verídico y comprobado al presentarnos a una cáfila de sujetos importantes, casi desconocidos o al menos semiocultos, desde monarcas y príncipes hasta espías y agentes secretos. Además de ofrecernos un excelente relato de las intrigas, traiciones y puñaladas traperas de aquellos años nos explica magistralmente la leyenda creada por algunas plumas famosas con el simple objeto de manipular los hechos acontecidos; y crear una anécdota ficticia, que nunca tuvo lugar: la espontánea donación de las damas habaneras de sus preciadas joyas, con el objeto de procurar con éxito la independencia de las Trece Colonias norteamericanas.

El ensayo de Fernández Álvarez es una buena prueba de lo peligroso que resulta para algunos escribas, copiar y repetir, citando o sin citar a otros estudiosos del tema que quisieron aclarar y lo complicaron más aún. Y es bien sabida la responsabilidad de todo un largo elenco de supuestos relatores, más inclinados a la novela que a la historia queriendo cambiar la leyenda y la patraña en parábolas nacionalistas.

Ante todo se debe explicar que el lector debe situarse en dos lugares: el Caribe y sus costas, y en la Bahía de Chesapeake, por aquellos años, lugares que habían escogido las naciones europeas poderosas de la época, España, Holanda, Gran

Bretaña y Francia, para dirimir sus crisis políticas, abandonando las ideas de guerras europeas costosas y sangrientas y llevando el teatro de operaciones, terrestres y navales, a las costas americanas. En esta parte del llamado *Siglo de las Luces* por algunos historiadores, de *Despotismo Ilustrado* por otros y *Edad de la Razón* por Thomas Paine, se producen cambios que afectarán a todo el porvenir. Lo cierto fue que con el final del Siglo XVIII nacían nuevas ideas y comenzaban a morir otras. Se ponían en práctica las concepciones filosóficas de la *Enciclopedia,* comenzaron las revoluciones sangrientas, la influencia política masónica y protestante, y las guerras por la independencia en toda la América hispana. Cambiaron las artes, las modas, la música y el teatro, mientras que prematuramente ya se daba por desaparecido el Santo Oficio de la Inquisición. Era el Rococó en todo su esplendor y con toda su fuerza.

En Italia la Iglesia de Roma entraba en otra crisis peligrosa. El papado y la jerarquía perdían fuerzas por las presiones políticas del Imperio Austro-Húngaro, Portugal y España, influenciados sin duda por el auge de la masonería. Los Papas Clemente XIII y XIV (1759-1767) cedieron, aceptando las expulsiones de la Orden de San Ignacio y la expropiación de todos sus bienes terrenales. Por otra parte, los enemigos más elocuentes de la iglesia romana, la masonería, tanto del Rito de York, como el del Gran Oriente del Rito Escocés, que operaban respectivamente en Inglaterra y Francia, le habían declarado una guerra abierta y sin tregua al Vaticano. Estas dos fuentes de poder en casi todos los países europeos por esos años, determinaban el curso político, casi siempre para su beneficio y el de los enemigos jurados de la iglesia romana;: evangélicos, protestantes y librepensadores. En su aspecto político y social la masonería era, y es, una sociedad fraternal internacional y secreta, que por aquellos años era una fuente de poder político.

Desde los más remotos siglos de la antigüedad hasta nuestros días, si nos remontamos a la Puranas Sánscritas hindúes y, años después, al filósofo y mitógrafo griego del Siglo IV a.c.,

Evémoro, quien declaró que "el mito era el recuerdo idealizado de los dioses y héroes después de su muerte", encontramos este fenómeno como un elemento esencial de la cultura humana. Más adelante, durante la Edad Media, este concepto pagano pasó a ser, como tantas otras costumbres, ritos y leyendas, adoptado o simplemente adaptado al cristianismo triunfante. Desde esos días la historiografía de casi todos los pueblos del planeta, incluyendo las más importantes religiones y culturas, se encuentra plagada por la ficción, alejada de la verdad y repleta de relatos mitológicos y mágicos, en la mejor tradición de las religiones orientales.

Por todo lo cual, los mitos parecen haberse hecho necesarios para todos los gustos y maneras, sobre todo en lo tocante a la formación de pueblos y países jóvenes o de reciente independencia, por motivos bien comprensibles, pues eran relatos fáciles de entender y justificar. Ese es el caso que tan brillantemente toca Fernández Álvarez. Las leyendas, por muy arraigadas que se encuentren entre familias, vecinos, amigos y paisanos de un mismo lugar o país, con el paso de los años, cuando las inevitables revisiones históricas logran probar su falsedad, resultan negativas, y hacen daño porque dejan confusas y frustradas a las generaciones posteriores. El espíritu mitómano, ya sea nacional, político o religioso, que los inventa o los hace creíbles, los usa y los desusa, es en realidad un mal innecesario. El mito, cuando se acepta o se cree dogmáticamente, ayuda a crear un fanático peligroso y puede convertirse en caldo de cultivo para la violencia.

La tradición alegórica de relatos fabulosos y hasta heroicos tiene como complemento necesario un soplo, un ápice de verdad, algo en el relato tiene por fuerza que ser cierto. Si se lee con cuidado el trabajo historiográfico del profesor Alex Butterworth, *The World That Never Was* (Panter Books, New York. 2010 pp. 358-373), el lector encontrará la relación entre la leyenda y la realidad. Otro libro que toca el tema aunque en factura novelada y casi con los mismos personajes reales que presenta Butterworth es *El Cementerio de Praga* de Umberto

Eco (Random House, Nueva York. 2011), donde el escritor italiano también trata los temas del *agente provocador* y la *conspiración internacional*.

En relación con la fábula que nos concierne en este trabajo, aprovecho la oportunidad para preguntar a toda esa pléyade de supuestos estudiosos serios, profesores ilustrados, investigadores historiográficos, citados y citadores, maestros eruditos de grave carácter, científicos estudiosos, etcétera, si no les hubiera sido más fácil encontrar la verdad de esta anécdota y aclarar seriamente los hechos refiriéndose directamente al archivo del Cabildo en donde debe existir entre los papeles históricos de la Ciudad de La Habana, por la determinada fecha que nos ofrece el profesor James A. Lewis en su búsqueda sevillana del Archivo de la Indias, la copia o el original de la referida lista de los contribuyentes al préstamo publicada en el libro del citado Lewis, que de paso anotaremos también, se reproduce en esta obra de Fernández Álvarez. De esta forma quedaría zanjada esta disputa, pues los archivos del Cabildo de la Ciudad de la Habana corroborarían la historia y probarían la falsedad del mito de las supuestas *Damas de La Habana*.

Se debe recordar también que la historia de la "siempre fiel Isla de Cuba", según se repetía en la ínsula en tiempos de la colonia española, está bien rellena de esta mitomanía nacional "para revalorizar las hazañas y hechos relevantes de nuestra historia", como mis maestros de Historia en el colegio. Así se nos ha dicho que la independencia de las Trece Colonias fue el producto de la donación de sus joyas por las damas cubanas. El siglo XIX cubano también exhibe desviaciones de la verdad. Mucho se tiene que investigar sobre las verdades históricas de hechos tales como el Pacto de Zanjón, la tentación autonomista, las razones de España, la explosión del acorazado Maine, el Informe Breckenridge, la carta de Dupuy de Lome, solo para citar algunos *affairs* que permanecen en la oscuridad total o a la sombra de las dudas.

Creo que en el siglo XX hubiera sido labor muy complicada pasar por este campo minado de fábulas, mitos y mentiras bien visibles. ¿Quiénes se atreverían a entrar seriamente en los tiempos de *Tomasito, El Mayoral, El Chino, Tiburón, Gerardito*, o *Fulgencio*, para historiar la república del 1902-58? ¿Y quiénes escribirían la historia real y verdadera de 1959 a nuestros días? Pero sería interesante y saludable que se relatara la historia de generales y ladrones, sargentos y malhechores, políticos y doctores y por supuesto el gran final de comandantes y traidores.

Frank Fernández

Agradecimientos

Este trabajo es producto de las inquietudes de un reducido grupo de amantes de la historia que conforman una tertulia sabatina que tuvo sus orígenes a finales del siglo pasado en los vericuetos de la abarrotada biblioteca del capitán Jorge Navarro Custín en su residencia en Miami; allí contábamos regularmente con la presencia de René Landa Triolet, José Lacret Figueredo y el profesor José Sánchez-Boudy. Ante la sentida desaparición del capitán Navarro en 2003, la tertulia se trasladó a mi casa, y aunque limitada por el espacio, se renovó con importantes talentos y buenos amigos manteniendo el enfoque sobre la historia en general y la cubana en especial en un ambiente íntimo y respetuoso.

El tema de las joyas de "las damas de La Habana" y su presunta importancia para la independencia de Estados Unidos fue objeto recurrente de discusión en las tertulias y, aunque la mayoría desconfiaba de la veracidad del relato, tanto los detalles del suceso como su entorno estaban difusos o ausentes de la historiografía. Las primeras averiguaciones invitaban a una investigación más amplia y más profunda, y este libro es el resultado de esa curiosidad compartida. Pero más allá de la inspiración y el estímulo que todos ofrecieron, en ocasiones el apoyo se materializó con nuevas pistas, libros, contactos, documentos, traducciones, sugerencias.

Otto Rodríguez trajo el mito a discusión; Frank Fernández expresó fundamentadas dudas; José M. "Manolín" Hernández y Efrén Córdova alentaron y encausaron la discusión. Desde el comienzo de la investigación mis contertulios dieron muestras de su desinteresado respaldo. Diego Trinidad buscó libros; Antonio Bechily hurgó en sus fuentes genealógicas; Eladio Fernández compartió datos militares y biográficos; Armando Cobelo me llevó al Centro de Documentación Histórica de la Florida Colonial Hispana donde, por generosidad del P. José Luis Menéndez y gentileza de Salvador Larrúa, pude examinar pertinentes pliegos originales. Con hábiles preguntas Manolo Salvat me indujo a encontrar respuestas. Miguel Castillo mejoró la obra con la revisión de varias versiones del manuscrito mas, como no siempre adopté sus sugerencias, sería injusto achacarle mis faltas.

Por permitirme dedicar tanto tiempo al mito de "las damas de La Habana" este libro está dedicado a las damas de mi vida: mi esposa Eloísa, mis hijas Martha, Nilsa, Sofía, y mi nieta Isabella.

José R. Fernández Álvarez

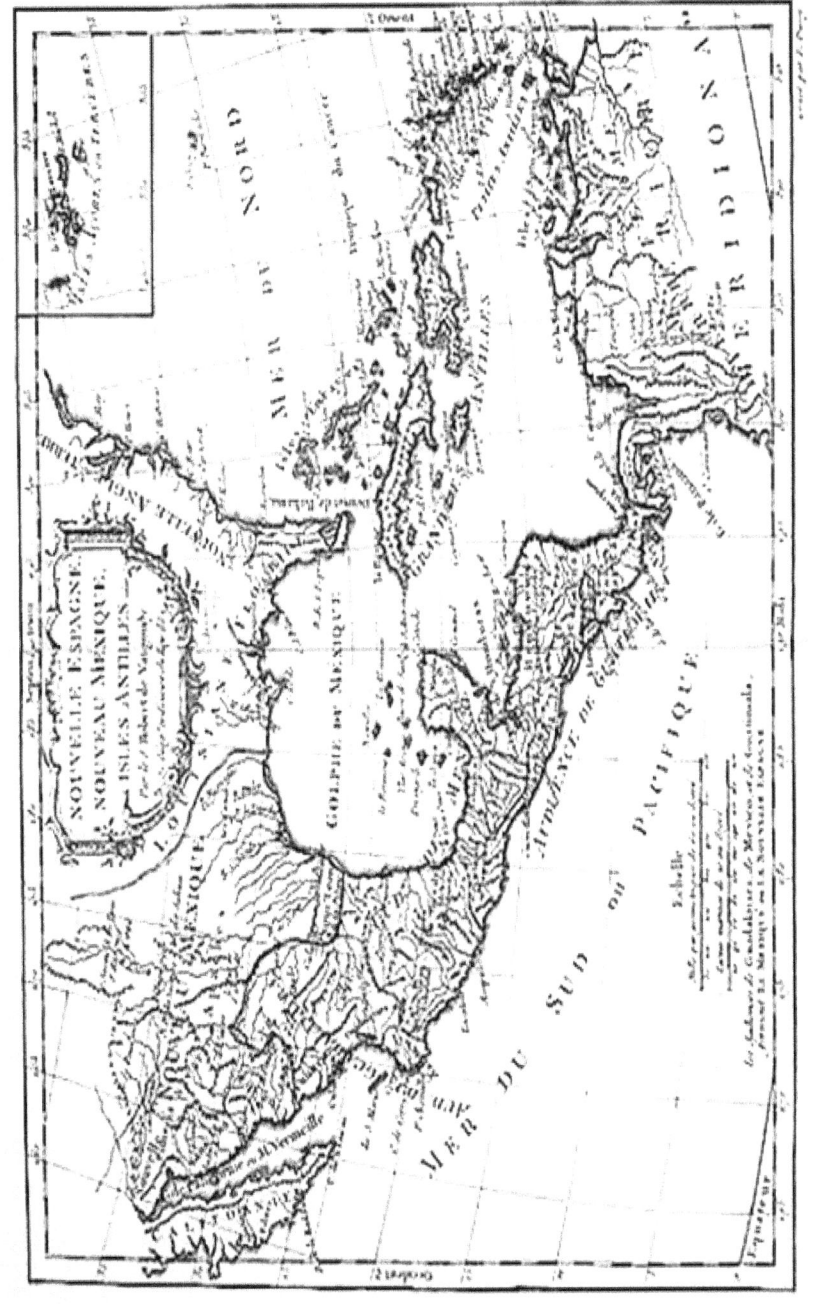

«LAS DAMAS DE LA HABANA» Y SUS JOYAS: UN MITO PERSISTENTE EN LA HISTORIA DE CUBA

A modo de introducción

La lucha contra Gran Bretaña por la independencia de los Estados Unidos, además de ser un hecho trascendental para este país, adquirió características de una conflagración de alcance mundial con la entrada de Francia, España y Holanda en el conflicto. Como colonia española, la Isla de Cuba se convirtió en un importante centro de actividad militar y económica para España y sus aliados y esto dio lugar al surgimiento de una pertinaz leyenda. Este ensayo tiene el propósito de explicar el origen y desarrollo de ese mito que ha llegado con fuerza hasta nuestros días otorgando a Cuba un papel de peculiar significación en el logro de la independencia de los Estados Unidos.

«…las damas de La Habana, en momentos en que la insurrección de los colonos del norte se vio en severos aprietos por la falta de fondos, se despojaron de algunas de sus joyas para cooperar con la causa de los separatistas. La cifra de esta donación fue de 1 200 000 libras, y esta sufragó la marcha a Yorktown con la cual finalizaría la guerra.»[1]

---

[1] Rolando Rodríguez García, *Cuba: La forja de una nación. I. Despunte y epopeya*, Editorial de Ciencias Sociales, La Habana, 1998, pp. 15-16; se repite en la edición de 2005, p. 18.

El autor de este fragmento lo escribió sin citar fuente alguna; tal es el nivel de legitimidad que el relato ha adquirido. En efecto, para muchos lectores este pasaje no resulta novedoso; versiones muy similares aparecen en las obras de reconocidos historiadores cubanos —y algunos norteamericanos— desde hace muchas décadas. El texto se refiere al verano de 1781, cuando al general George Washington se le presentó la oportunidad de propinar a los ingleses una derrota decisiva; sus aliados franceses lograron asistirlo con una gran flota al mando del conde de Grasse que trajo tropas recogidas en el Cabo Francés (en el actual Haití) y dinero obtenido en La Habana, y juntos derrotaron a los ingleses e hicieron prisionero al ejército del general Cornwallis en la campaña de Yorktown. Hasta aquí, estos son hechos históricos que han sido debidamente documentados y comprobados. No obstante, para los cubanos el elemento más importante de la noticia es el protagonismo de "las damas de La Habana" y la generosa donación de sus joyas como contribución a la independencia de las trece colonias embrionarias de los Estados Unidos de América. Lamentablemente, esto no es más que un mito.

Más allá de resultar interesante, también puede ser útil examinar la facilidad con que este mito se insertó en la historiografía cubana, de cómo la contaminó por décadas y por qué se resiste a ser erradicado aún después de haberse demostrado su falsedad hace ya un tercio de siglo. Aunque, como se verá, la génesis del mito es del siglo XVIII, su introducción en la historia de Cuba es mucho más reciente.

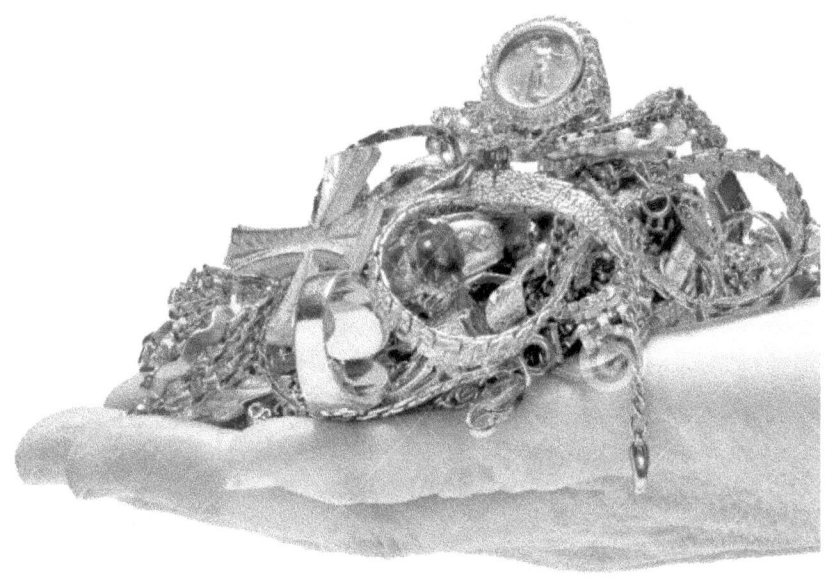

Stephen Bonsal

El mito germina

En febrero de 1945 salió a la venta un libro de Stephen Bonsal dedicado a la participación francesa en la batalla de Yorktown.[2] Mr. Bonsal se había desempeñado como periodista, traductor, diplomático, y era ya un consagrado historiador; en efecto, pocas semanas después recibiría el Premio Pulitzer por un libro anterior sobre las negociaciones de paz de 1919 en París. Stephen Bonsal era conocido en Cuba por haberla visitado durante la Guerra de Independencia y luego, como corresponsal de guerra, cuando los americanos desembarcaron en Oriente en 1898; también había escrito dos libros sobre lo que vio en la Isla: *The Real Condition of Cuba Today* en 1897, y *The Fight for Santiago* en 1899.

En su nuevo libro sobre el papel de los franceses en Yorktown, Bonsal afirmaba que las mujeres habaneras habían sido protagonistas indispensables de la lucha al propiciar aquella victoria sobre los ingleses:

> «...el millón [de ducados] que le fue suministrado a Saint-Simon para pagarle a sus tropas por las "damas de La Habana" (estando vacía allí la tesorería española) puede, verdaderamente, ser considerado como los "cimientos de dinero" sobre los cuales el edificio de la independencia americana fue erigido.»[3]

---

[2] Francis Hackett, "Books of the Times", *The New York Times*, 15 de febrero de 1945.

[3] Stephen Bonsal, *When the French Were Here. A Narrative of the Sojourn of the French Forces in America and Their Contribution to the Yorktown Campaign Drawn from Unpublished Reports and Letters of Participants in the National Archives of France and MS Division of the Library of Congress*, Doubleday, Doran and Company, New York, 1945, pp. 119-120 (traducido

El distinguido educador, economista e historiador cubano Ramiro Guerra Sánchez fungía a la sazón como director del importante periódico habanero *Diario de la Marina*. Guerra comentó las revelaciones de Bonsal en la primera página del Diario y esa información fue la base fundamental de casi todas las futuras menciones de "las damas de La Habana" en Cuba.[4] Entre quienes le siguieron están los nombres de Pérez Cabrera, Santovenia, Rexach, Márquez Sterling, y el profesor Portell Vilá.[5] En 1972, un libro bilingüe se dedicó a difundir «las donaciones» de las *señoras de La Habana*.[6] Pronto a "las damas de La Habana" se les describiría como "señoras cubanas" y, sin mediar nueva información al respecto, se llegó a afirmar que el "gesto generoso y solidario" de las damas tenía carácter de donativo "sin intereses y sin condiciones...sin devolución, un verdadero regalo".[7]

---

por el autor); el marqués de Saint Simon era el jefe de la división que el conde de Grasse había recogido en Cap François.

[4] Ramiro Guerra Sánchez, "Las señoras de La Habana y la independencia de los Estados Unidos", *Diario de la Marina*, 17 de abril de 1945, 1:9.

[5] José Manuel Pérez Cabrera, *Miranda en Cuba (1780-1783)*, Academia de la Historia de Cuba, La Habana, 1950, p. 18, también *Historiografía de Cuba*, Instituto Panamericano de Geografía e Historia, México, 1962, p. 291; Emeterio S. Santovenia Echaide, "Política colonial", *Historia de la Nación Cubana*, Cultural, S.A., La Habana, 1952, T. II, p. 83; Rosario Rexach, "Las mujeres del 68", Revista Cubana, enero-julio 1968, Año I, Núm. 1, New York, 43n, p. 142; Carlos Márquez Sterling, *Historia de Cuba. Desde Cristóbal Colón a Fidel Castro*, Las Américas Publishing Company, New York, 1969, p. 72; Herminio Portell Vilá, *Los otros extranjeros en la revolución norteamericana*, Ediciones Universal, Miami, 1978, pp. 127-129.

[6] Eduardo J. Tejera, *La ayuda cubana a la lucha por la independencia norteamericana*, Ediciones Universal, Miami, 1972.

[7] Tejera, *La ayuda cubana...*, p. 61; Portell Vilá, p. 129.

NOTAS AL MARGEN

«Las señoras de La Habana» y la independencia de los Estados Unidos

HACE unos días—me dice desde Washington en carta del 4 del corriente mes mi querido amigo el doctor Oscar Díaz Albertini, siempre pendiente de servir a Cuba en todas las formas a su alcance—le mandé un libro que acaba de publicar el padre de Bonsal—de Phillip Bonsal, del departamento de Estado de los Estados Unidos, amigo a quien tengo gran aprecio—titulado «When the French Were Here». Mr Bonsal me trajo un ejemplar de la obra y me explicó que en las páginas 116 y 119 hace alusión a un hecho histórico que, de ser cierto, puede tener importancia para Cuba. Según me dijo Bonsal, el general Washington estaba falto de dinero, lo mismo que los almirantes franceses Rochambeau y de Grasse y el general Lafayette.

Primera mención del mito en Cuba
Detalle de la primera página del Diario de la Marina del 17 de abril de 1945

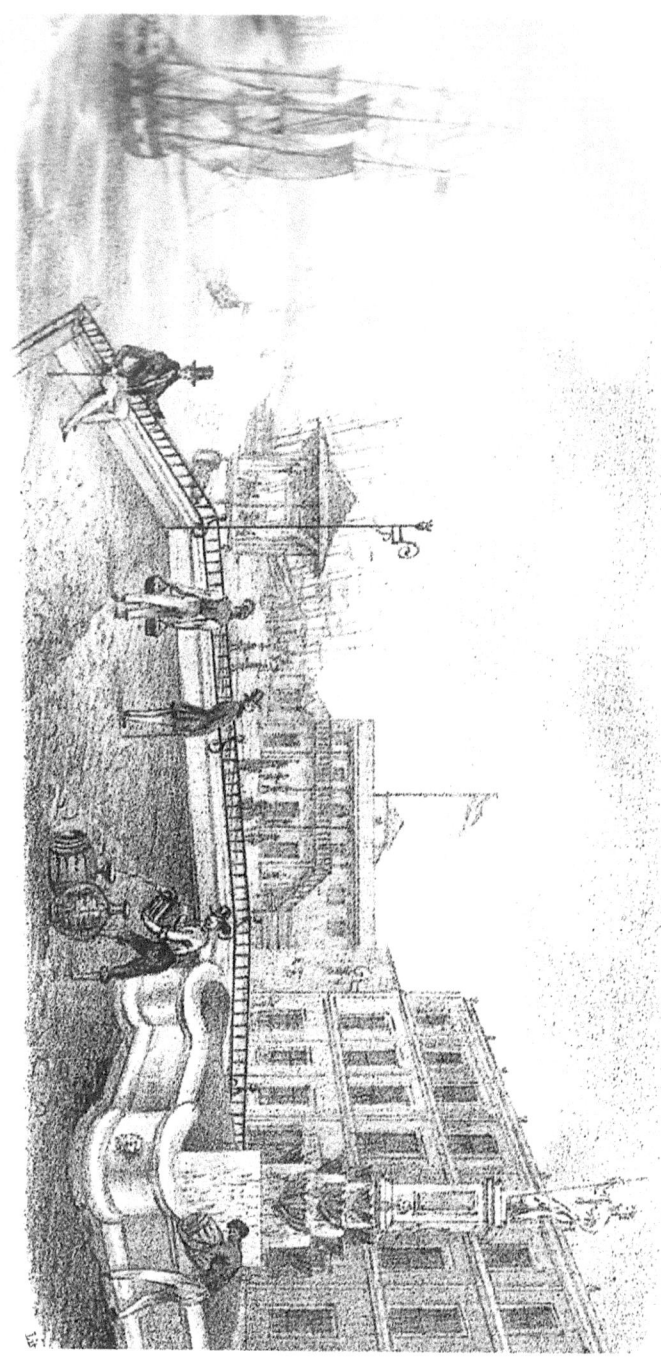

La verdad desnuda

Como se verá más adelante, entre las inexactitudes en el relato de Stephen Bonsal está su afirmación de que el marqués de Saint Simon había sido el receptor del dinero recogido en La Habana. Aunque no estuvo en La Habana en aquella ocasión, el marqués sí conoció aquella ciudad en diferente fecha y bajo diferentes circunstancias. Las impresiones de Saint Simon de su paso por La Habana son en extremo encomiásticas —especialmente si se toma en cuenta que fracasó en el propósito de aquel viaje— y, curiosamente, casi desconocidas.

Saint Simon no señaló la fecha exacta de su visita pero su texto sugiere que fue en el otoño de 1780.[8] El marqués era el jefe de 2,000 hombres enviados por Luis XVI en febrero de 1780 para reforzar la guarnición del Cabo Francés y que estaban subordinados al general Victorio de Navia, el jefe del ejército expedicionario español. Las fuerzas francesas habían sido acuarteladas por mitades en el Guarico francés y el Santo Domingo español; esa separación durante muchos meses de ociosidad causó tal descontento en las filas que el marqués decidió

---

[8] La fallida expedición a Panzacola partió de La Habana el 16 de octubre; diezmada y dispersada por un ciclón, regresó destrozada el 17 de noviembre. Saint Simon se enteró del retorno de la flota a La Habana estando él ya de regreso en el Guarico (Marqués de Saint Simon, *Translation of a letter from the marquis of St. Simon to the count of Rochambeau*, carta de 7 de enero de 1781, Library of Congress, *George Washington Papers, 1741-1799*, http://memory.loc.gov/mss/mgw/ mgw4/074/0000/0025.gif, consultada el 20 de abril de 2015 [traducida por el autor]).

trasladarse a La Habana y pedir permiso al general Navia para poder reunir a sus hombres y activar operaciones conjuntas con la flota francesa en las Antillas; Navia rehusó el permiso.[9] A su regreso al Cabo Francés, el desairado Saint Simon escribió al general Rochambeau pidiendo ser rescatado del nocivo estado de inactividad en que se hallaba y es en esa carta donde encontramos la siguiente descripción:

> «...No podría haber sido mejor recibido ni tratado con tanta distinción y sinceridad como lo fui en La Habana, no solamente por los generales, sino también por todos sus habitantes. Esa colonia parece mucho más considerable que cualquiera de las nuestras, todos los propietarios viven en ella, de manera que la población tiene un aire de pueblo europeo, la sociedad es numerosa y tiene una apariencia opulenta. Si España expandiera su comercio Cuba sería inmensamente rica en muy poco tiempo. Pero las leyes prohibitorias son tan rígidas, el castigo tan riguroso, que desaniman la industria. Sin embargo, hay en esta colonia más energía que en las otras...»[10]

En efecto, La Habana de esa época era la ciudad portuaria más grande y más rica del hemisferio con una población aproximada de 75,000 habitantes de todos colores.[11] Tras ser devuelta a España por los ingleses en 1763, Carlos III y sus asesores habían decidido fortificarla para no volver a perderla militarmente; las construcciones impulsadas por esa decisión, junto a las mejoras administrativas y comerciales que introdujo el re-

---

[9] El general Navia ha sufrido la ignominia de ver su nombre transcrito como «María» (Harold A Larrabee, "A Neglected French Collaborator in the Victory of Yorktown: Claude-Anne Marquis de Saint-Simon (1740-1819), *Journal de la Société des Américanistes, Tome 24, nº 2*, Francia, 1932, pp. 245-257; *Decision at the Chesapeake*, Bramball House, New York, 1964, pp. 146-8, 155

[10] Saint Simon, *Translation*...

[11] El censo de 1774-1775 le asigna 172,620 pobladores a la Isla y 75,618 a La Habana pero se acepta que esta cifra incluía extensas áreas colindantes a la ciudad (Jacobo de la Pezuela, *Historia de la Isla de Cuba, 4 Vol*, Carlos Bailly-Baillière, Madrid, 1868-1878, t. III, pp. 109-11). En comparación, el censo de 1790 contabilizó unos 33,000 habitantes en la ciudad de New York.

formismo borbónico, habían dado un gran impulso a las finanzas habaneras. Pronto la ciudad tendría oportunidad de mostrar la pujanza de su economía pero los excesos de algunos cronistas aportaron importantes distorsiones al relato de los hechos.

En 1980, un profesor de historia de la Western Carolina University, James A. Lewis, publicó los resultados de una minuciosa investigación que aclaraba por primera vez los sucesos de 1781 en La Habana. El profesor Lewis encontró en archivos en España y México testimonios y otros documentos que demostraban la falsedad del relato de las damas y sus diamantes, entre ellos la lista de los «Vecinos de La Habana que prestaron dinero para la expedición del almirante de Grasse a Yorktown, 16 de agosto de 1781».[12]

A la llegada de los emisarios del conde de Grasse[13] en busca de dinero, el tesoro habanero no tenía suficientes fondos y no los tendría hasta la llegada del próximo cargamento de monedas de plata acuñadas en México, el "situado" con que la Corona tradicionalmente sufragaba, entre otros gastos, la defensa de la bahía, el servicio a las flotas y los sueldos de los militares, y que ahora también se utilizaba para cubrir los gastos de las operaciones de guerra y facilitar préstamos a los aliados.[14]

---

[12] James A. Lewis, "Las Damas de la Havana, el Precursor, and Francisco de Saavedra: A Note on Spanish Participation in the Battle of Yorktown", *The Americas*, Vol. 37, No. 1 (Jul., 1980), pp. 83-99.

[13] François-Joseph-Paul de Grasse-Rouville, conde de Grasse y marqués de Tilly (1723-1788), hizo toda su carrera en la Marina Real ascendiendo desde Guardia marina hasta Almirante. Al mando de las fuerzas navales francesas en las Antillas en 1781 jugó un papel importante en la victoria franco-americana en Yorktown; en 1782 su derrota y captura en la batalla de las Saintes, fue motivo de un proceso del que salió ileso pero «nunca más fue llamado al servicio activo». (Asa Bird Gardiner, *The Order of the Cincinnati in France*, The Rhode Island State Society of the Cincinnati, 1905, pp. 121-25).

[14] Un estudio calculó en casi treinta millones de pesos plata los envíos a La Habana durante los cinco años de guerra y, aunque tales remesas incluían a menudo los situados de otros territorios españoles, la gran mayoría estaba

Para satisfacer las necesidades del almirante francés, el gobierno activó un mecanismo cuyo uso se hizo «muy frecuente» por aquella época: tomó dinero privado en préstamo ofreciendo jugosos premios y bajo promesa de pago a la llegada del próximo situado de Vera Cruz.[15]

La lista íntegra de prestamistas, que se publica en la obre de Lewis y se reproduce en el Anexo I de este trabajo, muestra que una quinta parte del dinero entregado a los franceses por las autoridades de La Habana se obtuvo de unidades militares y el resto provino de comerciantes y hacendados quienes, en su mayoría, recibirían compensación por el préstamo.[16] Entre esos veintitrés prestamistas solamente aparece una mujer, la rica hacendada criolla Doña Bárbara Santa Cruz quien prestó 80,000 reales (10,000 pesos). En esta ocasión la tesorería habanera tomó en préstamo un total de 4,520,000 reales (565,000 pesos) de los cuales entregó a los agentes del almirante de Grasse cuatro millones de reales.[17] Todo el dinero recaudado, más el premio, fue devuelto antes de que transcurrieran cinco semanas pues la flota de Vera Cruz llegó el 19 de septiembre con 4,700,000 pesos y la tesorería empezó a «satisfacer las deudas antes contraídas con los habitantes para conservar el crédito y la buena fé.»[18]
La investigación del profesor Lewis no deja lugar a dudas sobre el carácter de la recaudación que tuvo lugar en La Habana en

---

destinada a La Habana (Melvin Bruce Glascock, "New Spain and the War for America, 1779-1783", Ph. D. thesis, 1969, Louisiana State University).

[15] Julio Le Riverend Brusone, *Historia económica de Cuba*, Editorial de Ciencias Sociales, La Habana, 1985 (1ª ed. 1963), pp. 134-35.

[16] James A. Lewis publicó la lista que titula «Havana Residents Who Loaned Money for Admiral de Grasse´s Expedition to Yorktown, August 16, 1781» que confeccionó basada en documentos existentes en el Archivo General de Indias, Santo Domingo, 1849, exp. 191. Caja Cuenta de 1781. Ignacio Peñalver y Cárdenas, La Habana, 30 de junio de 1782. (Ver Anexo I)

[17] Un peso = 8 reales.

[18] Francisco de Saavedra, *Misión de guerra en el Caribe. Diario de Dn. Francisco de Saavedra y Sangronis, 1780-1783*, (comp. Manuel Ignacio Pérez Alonso), Colección Cultural de Centro América, Managua, 2004, p. 251. El 2% de premio por sólo cinco semanas en préstamo equivalía a un interés anual de más de 20%.

agosto de 1781: comerciantes y hacendados, no "las damas de La Habana", prestaron el dinero en metálico, no en diamantes o joyas, al gobierno y este a su vez se lo facilitó al almirante de Grasse.

La evidencia presentada por Lewis resultaba tan contundente que era de esperar que esos hechos desplazarían la leyenda de las "damas de La Habana y sus joyas", pero no fue así. Dentro y fuera de Cuba se continuó repitiendo la versión romántica, evocadora de aquella otra —y mejor fundada— de la Reina Isabel financiando el primer viaje de Cristóbal Colón con sus joyas.[19]

Quizás debido a la limitada circulación de la revista en que apareció el trabajo del profesor Lewis, pocos fuera de los círculos académicos se enteraron de su investigación, pero con el transcurso del tiempo, la verdadera historia comenzó a aparecer en otras obras. Incluso, el autor que en 1972 había abogado por la aceptación del mito de las damas, en un nuevo libro modificó su postura y comentó favorablemente sobre el informe de Lewis, aunque lamentablemente volvió a reproducir informaciones de fuentes, cuestionables unas y erróneas otras, en defensa de lo dicho en 1972.[20]

Cuando Lewis demostró la verdad sobre aquella colecta en La Habana el relato de las damas y sus joyas quedó reducido a

---

[19] Luis J. Botifoll, *Hispanos: un papel vital en la independencia Americana (crónica de héroes y silencios)*, Laurenty Publishing Inc. Miami, 1986, pp. 6-9; Rolando Rodríguez, *op. cit.*; Eduardo Torres Cuevas, "Cuba y la independencia de los Estados Unidos: una ayuda olvidada", *Tebeto: anuario del Archivo Histórico Insular de Fuerteventura*, t. 1, n. 5, 1992, p. 355; Dick Cluster y Rafael Hernández, *The History of Havana*, Palgrave, McMillan, New York, 2006, p. 33; Sergio R. San Pedro del Valle, *Vivido ayer. Leyendas y misterios de Cuba y La Habana*, Ediciones Universal, Miami, 2008, pp. 249-252.

[20] Eduardo J. Tejera, *La ayuda de España y Cuba a la independencia norteamericana*, Editorial Luz de Luna, Santo Domingo, 2009, pp. 187-284. Este nuevo libro representa un encomiable gesto de honestidad intelectual de su autor, y puede servir para dar más amplia difusión al trabajo del profesor Lewis.

su justa categoría de mitología. Sin embargo, la persistente tendencia a tratar los descubrimientos del profesor Lewis como simplemente una interpretación diferente de los hechos, equivale a legitimar el mito otorgándole categoría de "versión" a una leyenda.[21] Por eso, quizás todavía sea útil esclarecer cómo se originó la leyenda; por qué evadió la revisión crítica; cuál es el origen de las citas en que se apoyaba el mito y por qué se resiste a desaparecer. Ese es el propósito fundamental de esta investigación histórica.

---

[21] *Ibídem*, pp. 208, 211; véase también la nota 151, en las páginas 212-213 de la edición en inglés del diario de Francisco de Saavedra, (*The Journal of Don Francisco Saavedra de Sangronis, 1780-1783*, Francisco Morales Padrón (ed.), Aileen Moore Topping (trad.), University of Florida Press, Gainesville, 1989).

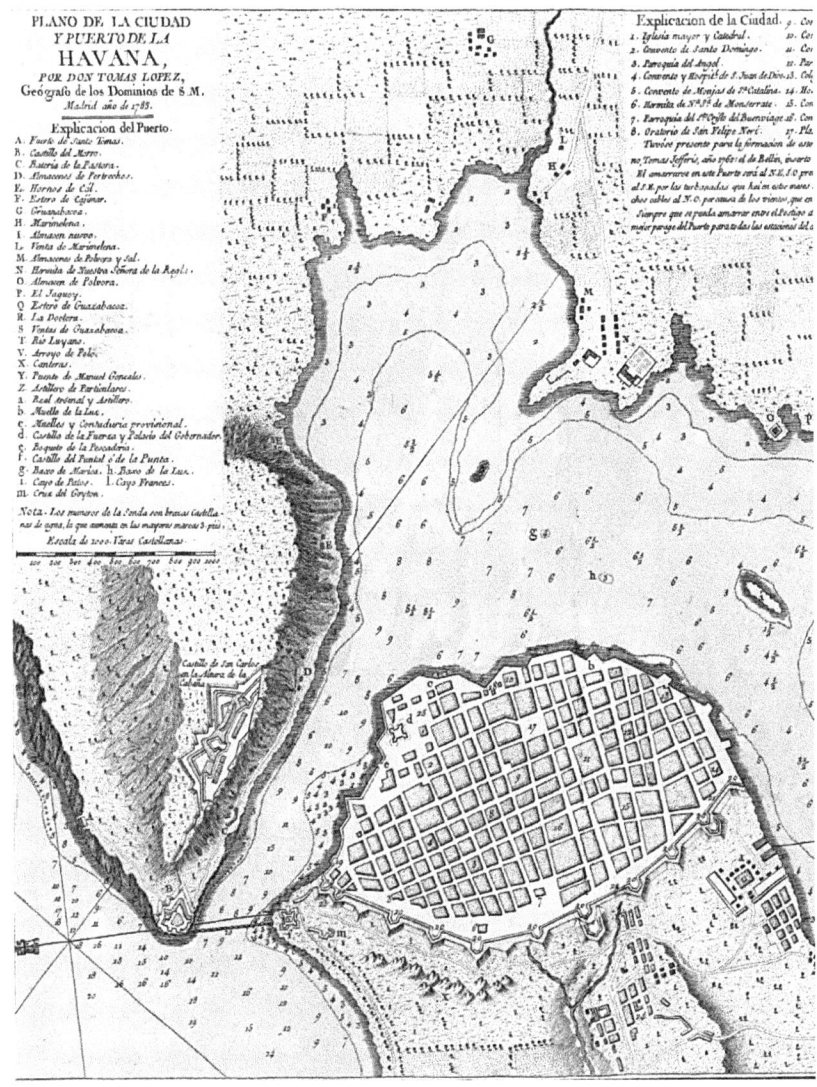

Detalle de un plano español de La Habana de 1785

Louis XVI, Rey de Francia

El entorno histórico

Durante la insurrección de las Trece Colonias inglesas, Francia y España también declararon la guerra a la Gran Bretaña para tratar de obtener ventajas comerciales y nuevos territorios —mayormente en Las Antillas— a costa de los británicos; hasta Holanda llegaría a participar en el conflicto.

La ayuda encubierta francesa había comenzado en 1776, pero desde su reconocimiento oficial de la nueva república en febrero de 1778, Francia asumió un protagonismo tan directo que resulta difícil concebir un desenlace favorable a los colonos sin esa participación. Luis XVI facilitó dinero, armas, ejército y marina; esta última resultaría de enorme importancia pues, a tres mil millas de distancia de la acción, Inglaterra tenía que transportar y suministrar a su ejército por vía marítima y esto convirtió el conflicto, en gran medida, en una guerra naval donde sólo la formidable flota francesa podía disputar a la inglesa el dominio de los mares.[22]

España también había ayudado a los rebeldes discretamente desde el comienzo de la guerra pero aún después de formalizar su enemistad con Albión mediante la declaración de guerra de 1779, Carlos III se negó a reconocer a los Estados Unidos. En realidad, aunque para España fuese ventajoso que Gran Bretaña se debilitara combatiendo a sus colonos americanos, los in-

---

[22] Casper F. Goodrich, "The Naval Side of the Revolutionary War", *Papers of the Military Historical Society of Massachusetts, V. XI: Naval Actions and Operations Against Cuba and Porto Rico, 1593-1815*, E. B. Stillings & Co., Boston, 1901, pp. 31-32.

tereses de la Corona serían amenazados con una victoria de las Trece Colonias, tanto por el fatal ejemplo que esto representaría para sus propias posesiones en las Américas, como por la vulnerabilidad de sus fronteras con unos vecinos que ya se resistían a las aspiraciones territoriales de España en las Floridas y pugnaban por ampliar sus derechos de navegación por el río Mississippi. Considerando «como equilibrados sus intereses», España trató por buen tiempo de nadar entre dos aguas cumpliendo sus mínimas obligaciones de aliado con Francia mientras sostenía negociaciones con Inglaterra con miras a que el conflicto resultase en que Inglaterra retuviese el control de sus colonias, a cambio de algunas ventajas territoriales y comerciales.[23]

No obstante, la actividad de España se hizo más visible al comenzar operaciones ofensivas contra territorios ingleses y colaborar abiertamente con sus aliados franceses.[24] Aunque España no pudo recuperar el bastión de Gibraltar ni lograr su soñada expulsión de los ingleses de Jamaica, sí capturó los territorios de la Florida Occidental y las islas de Las Bahamas. Motivadas únicamente por el beneficio para la Corona, estas acciones sirvieron —por efecto colateral— para distraer por un tiempo tropas que los ingleses no pudieron utilizar contra el Ejército Continental del general George Washington. Además, al quedar los ingleses sin otros puertos seguros en el Golfo de México, los colonos rebeldes ganaron más fácil acceso a la bahía de La Habana y esto reanimó su comercio y su economía. Por último, mientras Francia tenía sus caudales en Europa, las arcas españolas se nutrían del metal precioso que venía de las Indias—pesos

---

[23] Saavedra, *Misión de guerra...*, pp. 13-18, 43-44.

[24] Los Reyes Carlos III, de España, y Luis XVI, de Francia, ambos de la Casa de Borbón y descendientes de Luis XIV, operaban bajo el llamado Pacto de Familia de 1761 que, entre otras cosas, los obligaba al socorro mutuo (Artículos V-XV) y a adoptar los enemigos del otro (Artículos I y XVI), (*Colección de los Tratados de paz, alianza, comercio etc. ajustados por la Corona de España con las potencias extrangeras desde el reynado del Señor Don Felipe Quinto hasta el presente*, La Imprenta Real, Madrid, 1796, pp.113-142).

de plata acuñados en Tierra Firme. Para evitar exponer sus tesoros al azaroso cruce del Atlántico en una u otra dirección, en algunas ocasiones España facilitó plata a las fuerzas francesas en las Antillas, recibiendo su rembolso en moneda dura en Europa.[25]

---

[25] Lewis, *Las damas…*, pp. 90-91.

Jean-Baptiste Donatien de Vimeur,
conde de Rochambeau

La misión de Rochambeau

Desde varios meses antes de que Francia se declarara en guerra, su estado mayor había concentrado gran parte del ejército en las regiones de Normandía y Bretaña, que bordean el Canal de La Mancha, con la misión de desembarcar en Inglaterra; al mando de las fuerzas en Normandía se encontraba el conde de Rochambeau. El mariscal de campo Jean-Baptiste Donatien de Vimeur, conde de Rochambeau, pertenecía a una familia cuya tradición militar se remontaba al siglo XII. El propio Conde había tomado el uniforme a los 15 años y durante las próximas cuatro décadas había participado en todas las guerras francesas.[26] Tanto en las victorias como en las derrotas, el conde de Rochambeau había demostrado valor y ecuanimidad. Durante los cortos períodos de paz, hubo de servir como gobernador en dos ocasiones.

La invasión a Inglaterra no se materializó pero cuando en marzo de 1780 se organizó el llamado Ejército Auxiliar para enviarlo a las Trece Colonias, Rochambeau fue designado para encabezarlo.[27] De los ocho mil hombres que debían conformar aquel cuerpo, la escasez de barcos de transportes limitó la expedición a cinco mil quinientos; el resto debía embarcar pocos meses después. Salieron del puerto de Brest el 2 de mayo y desembarcaron en la bahía de Newport el 11 de julio.[28]

---

[26] Arnold Whitridge, *Rochambeau*, The Macmillan Company, New York, 1965, pp. 1-10.
[27] Gardiner, *op. cit.*, pp. 65-69.
[28] Whitridge, *op. cit.*, pp. 76-7; Jonathan R. Dull, *The French Navy and the Seven Year's War*, University of Nebraska Press, 2005, pp. 190-1.

«Las órdenes del Rey, mi señor, son que me ponga a las órdenes de Vuestra Excelencia.» Estas fueron las primeras palabras que el conde de Rochambeau dirigió al general George Washington al desembarcar en Newport.[29] El Conde cumpliría esas órdenes escrupulosamente respetando siempre la superioridad jerárquica del americano aun cuando en ocasiones discrepara respecto a la estrategia a seguir en la campaña. Pero a pesar de esta gran ayuda extranjera, la situación para los colonos independentistas continuaba presentando serias dificultades.

Durante la primavera de 1781, la constante crisis en las finanzas de las Trece Colonias se había agudizado, las deudas se acumulaban y ni los soldados ni los proveedores querían seguir aceptando el papel moneda cuyo valor real se había desplomado; exigían pago en metálico. Washington y sus aliados franceses estaban ocupados en hostigar sin gran efecto a la división inglesa que, al mando del general Henry Clinton, defendía la ciudad de New York, pero la imposibilidad de un ataque a esa plaza se hacía más evidente con las noticias que llegaban al cuartel general: por un lado, aún no tenían confirmación de la llegada de la esperada flota francesa; por otro lado, era improbable que de llegar finalmente, la flota quisiera ir a operar tan al norte. Aumentaban también por esos días las sugerencias al gobierno rebelde y a sus diplomáticos en Europa para llegar a una solución negociada del

---

[29] Traducción libre del autor: «Les ordres du Roy mon maitre m´ammenent aux ordres ´de votre excellence.», "To George Washington from Jean-Baptiste Donatien de Vimeur, comte de Rochambeau, 12 July 1780", Founders Online, National Archives (http://founders. archives.gov/documents/Washington /99-01-02-02461, ver. 2014-2-12). Este extraordinario ejemplo de respeto al aliado en su territorio no sería imitado en la conducta futura de la nueva república; ni aun cuando durante la Primera Guerra Mundial tropas americanas desembarcaron en la propia Francia, reciprocaría Estados Unidos este gesto de Luis XVI. ("Obituary: Leadership, Personal Courage, Devotion to Troops Won for Pershing Affection of Nation", *The New York Times*, Julio 16 de 1948.) En Cuba, en 1898, el ejército americano que desembarcó en esa isla no se ocuparía siquiera de mantener la apariencia de subordinación a las fuerzas independentistas nativas.

conflicto con Inglaterra; lo más grave era la sospecha de que la idea provenía del propio gobierno francés, frustrado con la falta de progreso y el alto costo de la guerra. Se hacía necesario dar una demostración de fuerza para revertir esos sentimientos derrotistas.[30]

---

[30] Thomas Fleming, *Liberty! The American Revolution*, Viking Penguin, New York, 1997, pp. 320-2.

François-Joseph Paul de Grasse, conde de Grasse

El camino a Yorktown

En consulta con el jefe de las fuerzas de tierra francesas, el conde de Rochambeau, Washington comenzó a considerar llevar a cabo una ofensiva en Virginia. Esa área estaba siendo vapuleada por las tropas del general inglés Charles Cornwallis y los rebeldes no contaban con suficientes recursos para ofrecer una resistencia eficaz. El núcleo mayor era una fuerza de unas 1,200 tropas regulares al mando del legendario voluntario francés, el marqués de Lafayette, quien no podía exponerlas ante el general Cornwallis y su veterana división de más de 7,000 hombres.[31]

Como sucede a menudo en la historia, lo que hoy conocemos como la victoria de Yorktown fue producto de una confluencia de factores, algunos cuidadosamente planeados y otros puramente fortuitos. Esto, sin menosprecio a las acertadas decisiones militares de los jefes aliados y al esforzado desempeño de sus tropas.

El Chevalier de Ternay había sido el jefe del escuadrón naval que escoltó a Rochambeau y sus hombres desde Francia hasta Rhode Island. Ternay[32] traía la intención de quedarse ope-

---

[31] Christopher Ward, *The War of the Revolution*, The MacMillan Company, New York, 1952, t. II, pp. 866-78; el nombre completo de Lafayette era Marie-Joseph-Paul-Yves-Roch-Gilbert du Motier.

[32] Su nombre era Charles-Henri Louis d´Arsac y era un veterano de varias guerras que había salido de retiro para cumplir esta última misión (Ulane Bonnel, *The French Navy and the American War of Independence*, New York, 1976. Texto en xenophongroup.com/mcjoynt/ bonnel.htm) ; Jonathan R. Dull, *The*

rando por aquellas costas en apoyo de las operaciones de los ejércitos de tierra pero una flota inglesa que bloqueó la entrada a la Bahía de Narragansett lo neutralizó al embotellarlo en Newport. Ternay murió en diciembre de 1780 y el alto mando de la Real Marina francesa nombró al conde de Barras para remplazarlo.[33]

El 26 de marzo de 1781, la fragata *Concorde* fijó rumbo a Newport con el conde de Barras a bordo. Barras traía pliegos para Rochambeau confirmando la cancelación del envío del resto de los 10,000 hombres que tan ansiosamente esperaban, tanto él como sus aliados americanos; en su lugar, la Corte francesa había aprobado un subsidio de hasta 6,000,000 de libras entre material de guerra y créditos. Más esperanzadora resultaba otra noticia confirmándole la salida de la gran flota del conde de Grasse para operar en las Antillas y con órdenes que incluían llevar a cabo operaciones sobre la costa americana en apoyo de los planes del general Washington.[34]

Este viaje de la *Concorde* ilustra uno de los factores que entorpecían las comunicaciones en aquella época. A esta fragata le tomó 43 días cruzar el Atlántico desde el puerto francés de Brest hasta la bahía de Boston. Otro ejemplo similar lo ofrece el *Sagittaire*, un navío de línea[35] que, formando parte de la flota del conde de Grasse, había salido de Brest el 22 de marzo y se separó el 5 de abril para escoltar treinta transportes que llevaban pertrechos y unos 660 hombres de remplazo para Rochambeau.[36] El *Sagittaire* llegó el 11 de junio, es decir, demoró 81

French Navy and the Seven Year's War, University of Nebraska Press, 2005, pp. 172, 226.
[33] Jacques-Melchior, Comte de Barras Saint-Laurent, era veterano de la campaña de Rhode Island de 1778, entre otras. (Gardiner, *op. cit.*, p. 115)
[34] Dull, *The French Navy and American...*, p. 239.
[35] El navío de línea era un buque de guerra apto para integrar la línea de batalla al uso en los combates navales de la época. Eran barcos de tres palos y dos o tres cubiertas generalmente artilladas con 60 o más cañones.
[36] Chevalier de Goussencourt, "A Journal of the Cruise of the Fleet of his Most Christian Majesty, Under the Command of the Count de Grasse-Tilly, in 1781

días de Brest a Boston. De Grasse hizo mejor viaje pues sólo demoró 36 días en su jornada desde Brest hasta Port Royal en la isla de Martinique —aunque la presencia del enemigo no le permitió anclar en Port Royal por otros 9 días. Aun tomando en cuenta que en tiempo de guerra la necesidad de evadir al enemigo a menudo obligaba a tomar derrotas más largas, resulta evidente que no se había avanzado mucho en este medio de transporte en los casi tres siglos desde que a Cristóbal Colón le tomara unas seis semanas de navegación su viaje desde España a las Bahamas.[37]

Sin duda la guerra añadía peligros a la navegación pero los franceses operaron con una gran ventaja sobre los ingleses: su marina casi nunca perdía los correos que se le encomendaban. Estas observaciones de un desalentado oficial británico revelan el porqué:

> «... frecuentemente nos resulta costoso enviar embarcaciones pequeñas con los despachos más importantes. Tres o cuatro ocasiones han ocurrido este mes [agosto de 1781], como *The Swallow*, de 14 cañones, y *The Active* de parecida potencia, tomados o destruidos viniendo de las Indias Occidentales con despachos de Sir George Rodney, el *Dispatch*, un bergantín armado con 12 cañones, tomado yendo de aquí con despachos para el almirante Graves; y el barco aviso *Swallow*, tomado cuando venía de la Chesapeake... Se debe resaltar que los franceses casi nunca actúan de esta manera; cuando tienen que comunicar algo de importancia, se hace por medio de una fragata, así es que infortunios de esta naturaleza casi nunca le acontecen a ellos. Me temo que

and 1782", Trad. John Gilmore Shea, en *The Operations of the French Fleet Under the Count de Grasse in 1781-2 as Described in Two Contemporaneous Journals*, The Bradford Club, Publication No. 3, New York, 1864, p. 34.

[37] Gardiner, p. 115; Dull, *The French Navy and American...*, pp. 241-2; Hugh Thomas, *Rivers of Gold. The Rise of the Spanish Empire, from Columbus to Magellan*, Random House, 2005 [1ª ed. 2003], pp. 87-93; [Anónimo], "Journal of an Officer in the Naval Army in America, in 1781 and 1782, Amsterdam, 1783" Trad. John Gilmore Shea, en *The Operations of the French Fleet Under the Count de Grasse in 1781-2 as Described in Two Contemporaneous Journals*, The Bradford Club, Publication No. 3, New York, 1864, p. 140.

nuestros almirantes desean mantener las fragatas patrullando en busca de presas, lo cual se considera mejor que emplearlas en transportar cartas, aunque sean muy importantes.»[38]

Además de traer al conde de Barras, en el *Concorde* llegó también el hijo mayor del jefe francés, el vizconde de Rochambeau, quien había ido en comisión a Francia y ahora venía a reincorporarse al Ejército Auxiliar de su padre. Pero más importante para el futuro de los aliados, el *Sagittaire*, además de las tropas de remplazo, vituallas y dinero, le trajo a Rochambeau la primera comunicación directa del conde de Grasse.[39]

Con fecha del 29 de marzo, el almirante de Grasse le aseguraba al conde de Rochambeau que traía suficientes barcos para poder brindarle un fuerte apoyo a sus planes y le pedía datos sobre la cantidad y disposición de los barcos ingleses y aliados. De Grasse quería también que le enviaran prácticos de los diferentes lugares donde tendría que operar y estipulaba que esperaba llegar a Saint Domingue a finales de junio por lo que no podría tomar rumbo norte antes del 15 de julio.[40]

Rochambeau contestó inmediatamente pero la *Concorde* tuvo que esperar hasta el 20 de junio por vientos favorables. Cuando la fragata hizo vela rumbo al Cabo Francés al encuentro del conde de Grasse, llevaba pliegos de Rochambeau y de muchos otros oficiales franceses con la información que había requerido; también transportaba los prácticos de las costas. Así se dieron los primeros pasos hacia Yorktown.

---

[38] El valor de una embarcación apresada, y su contenido, se repartía entre la Marina, la oficialidad y la tripulación. Frederick Mackenzie, *Diary of Frederick Mackenzie, Giving a Daily Narrative of His Military Service as an Officer of the Regiment of Royal Welch Fusiliers during the Years 1775-1781 in Massachusetts, Rhode Island, and New York*, 2 Vol., Harvard University Press, Cambridge, 1930, t. II, p. 604, (en Whitridge, *op. cit.*, p. 180).

[39] Henri Doniol, *Historie de la participation de la France à l'établissement des États-Unis D'Amérique. Correspondance diplomatique et documents*, Imprimerie Nationale, Paris, 1892, t. IV, pp. 476-477, 547.

[40] *Ibídem.*, t. V, p. 488.

La flota francesa navegó hacia Martinique para entregar allí el convoy comercial y comenzar operaciones contra los ingleses en las Antillas Menores en cumplimiento de esa parte de su misión. Para la segunda fase, el conde de Grasse traía instrucciones de parlamentar con los jefes de La Habana para acordar las futuras operaciones conjuntas en las Antillas que debían incluir una de las más preciadas para España: la conquista de Jamaica. Por ese motivo, cuando enfiló su proa hacia el Cabo Francés de Grasse envió aviso a La Habana en la *Aigrette*, su más veloz fragata.[41]

El mensaje del Conde serviría solamente para fijar la fecha y lugar de su encuentro con los españoles pues en Cuba alguien estaba también ansioso de puntualizar los acuerdos operacionales con la flota aliada.

---

[41] Dull, *The French Navy and American...*, p. 238n.

José de Gálvez y Gallardo,
marqués de Sonora

Una familia poderosa

Durante la época de estos acontecimientos una familia había acumulado una enorme influencia en la España de Carlos III. Eran cuatro hermanos malagueños cuyo poder estaba singularmente concentrado sobre la política colonial hacia América. A José Gálvez y Gallardo se le había otorgado el marquesado de Sonora por su labor como Visitador en el Virreinato de Nueva España y en enero de 1776 fue nombrado ministro de Indias. Su hermano mayor, Matías, era un exitoso militar a quien José colocó de Inspector General de las Tropas y Milicias de Guatemala, la que en aquella época comprendía casi la totalidad de la actual Centroamérica. En el actual conflicto Matías disputaría a los ingleses el control del río San Juan. El tercer hermano, Miguel, servía al Rey desde 1774 como consejero de Guerra, y el más joven, el coronel Antonio, era administrador del puerto de Cádiz.[42] Pero el Gálvez que más fama alcanzaría lo fue Bernardo, el hijo del general Matías.

Con sólo 16 años de edad Bernardo peleó contra Portugal durante la Guerra de los Siete Años; luego, con su tío José, sirvió en la Nueva España y en Francia antes de regresar a la Península en 1775 y enrolarse en «la desastrosa expedición a Argel». A poco de ser nombrado ministro de Indias, José destinó a su sobrino como Coronel del Regimiento Fijo de la Luisiana; el primer día

---

[42] Francisco de Saavedra, *Los Decenios (Autobiografía de un sevillano de la Ilustración)*, Transcripción, introducción y notas por Francisco Morales Padrón, Excmo. Ayuntamiento de Sevilla, Sevilla, 1995, pp. 99, 102, 219n, 255.

del año 1777 Bernardo Gálvez y Madrid tomó posesión como gobernador de la Luisiana.[43]

Así bautizada para honrar a Luis XIV, la Luisiana había sido cedida a España por su aliada Francia para compensarla por sus pérdidas en la guerra que terminó en 1763 y que obligó a España a entregar las Floridas a Inglaterra. En aquel tiempo la Luisiana francesa tenía fronteras difusas aunque ocupaba entre una cuarta y una tercera parte del territorio continental actual de Estados Unidos — en dependencia de quien dibujase el mapa—, pero siempre ocupando la mayor parte de la cuenca hidrográfica del río Mississippi que incluye la ancha llanura que baja embudada estrechándose desde la actual frontera con Canadá hasta el Golfo de México. El Tratado de París de 1763 estableció al Mississippi como la línea divisoria entre la Luisiana, al oeste del río, y los territorios ingleses al este. Desde que las Trece Colonias se rebelaron aumentaba la probabilidad de que las hostilidades se extendieran y España deseaba aumentar su control sobre la Luisiana para que sirviera de muro de contención para proteger las riquezas de la Nueva España; esta fue la misión que el ministro de Indias le asignara a su sobrino Bernardo Gálvez.[44]

Las relaciones de la Luisiana española con los colonos comenzaron durante este período y se les permitió el comercio a lo largo del Mississippi español y en las Antillas. Al mismo tiempo que favorecía a los rebeldes, Gálvez hostigaba a los ingleses y limitaba sus movimientos. Cuando llegó el anuncio del estado de guerra entre España y la Gran Bretaña, Bernardo Gálvez pudo prepararse abiertamente para atacar los fuertes ingleses que defendían la ribera izquierda del gran río y sus posiciones en lo que

---

[43] Carmen de Reparaz, *Yo solo. Bernardo de Gálvez y la toma de Panzacola en 1781*, Ediciones del Serbal S.A., Barcelona, 1986, pp. 11-18.

[44] Aun cuando fuese muy importante para Madrid, la restitución de la «Plaza de La Habana con todo lo que se ha conquistado en la Isla de Cuba» — en manos inglesas desde 1762—, esta aparece como una brevísima mención en el artículo XXIV del extenso texto del documento (*Tratado definitivo de paz concluido entre El Rey Nuestro Señor y la S. M. Christianísima por una parte, y S. M. Británica por otra, en París á 10 de Febrero de 1763...*, Imprenta Real de la Gaceta, Madrid, 1763, pp. 203).

nombraron las Floridas: la península conformaba la Florida Oriental y desde allí hasta el propio Mississippi estaba la Florida Occidental con dos importantes plazas que entonces se llamaban Mobila y Panzacola.

A pesar de su mayor extensión, la Gobernación de la Luisiana dependía administrativamente de la Capitanía General con sede en La Habana. Por esa razón el ministro de Indias oficio en agosto de 1779 al Virrey de Nueva España, al gobernador general de Cuba, Diego José Navarro, y al gobernador de la Luisiana los deseos del Rey de dar comienzo a una campaña contra los ingleses para «arrojarlos del Seno Mexicano y orillas del Misisipí». El marqués de Sonora advertía que la movilización contra la Mobila y Panzacola[45] debía acometerse sin demora y con todas las fuerzas de mar y tierra bajo el mando de su sobrino, el ya brigadier Bernardo Gálvez.[46]

Ni corto ni perezoso, Bernardo Gálvez emprendió la que, a pesar de su limitado enfoque, sería la más importante campaña de las armas españolas en esta guerra. Con los hombres y pertrechos que previsoramente ya había acumulado, partió Gálvez para reducir las guarniciones inglesas que pudieran amenazar a Nueva Orleans desde Baton Rouge y Natchez en las riberas del Mississippi y en Manchac, un puesto entre los lagos al norte de la ciudad. De allí marchó Gálvez hacia el este a lo largo de la costa en busca de la bahía de la Mobila, defendida por un sólido fuerte enemigo, pero el grueso de la ayuda esperada desde La Habana no llegaba. Una fuerza expedicionaria de unos dos mil hombres y abundantes pertrechos se mecían en una flota anclada en la bahía habanera en espera de la orden de zarpar, que dependía del co-

---

[45] Mobila, la actual Mobile, es el único puerto del actual estado de Alabama; a poca distancia hacia el este, Panzacola, ahora Pensacola, está hoy en el extremo occidental del estado de la Florida.

[46] El teniente general Diego José Navarro y García de Valladares gobernó desde junio de 1777 hasta mayo de 1781 (Enrique San Pedro Xiqués, *Reseña cronológica muy abreviada de los gobiernos coloniales de la Isla de Cuba durante las dominaciones española, inglesa y norteamericana*, Miami, edición privada, c. 1979, pp. 107-108; carta de J. Gálvez a Navarro fechada el 29 de agosto de 1779, en Reparaz, *Yo solo...*, pp. 35, 38.

mandante de Marina, el teniente general don Juan Bautista Bonet, un viejo marino que no creía que se debía debilitar aquella plaza pues para él La Habana valía más que «cincuenta Mobilas y Panzacolas».[47] Estas diferencias de opinión eran graves ya que en Cuba el jefe de la Marina ejercía jurisdicción independiente de las otras autoridades civiles y militares.[48]

En realidad, los jefes en La Habana se sentían rebajados por los Gálvez que parecían querer acaparar las glorias que aguardaban en la campaña por recuperar las Floridas. Así pensaba Victorio de Navia, el general en jefe quien, por órdenes del tío, ahora se veía reducido a utilizar sus fuerzas para apoyar las operaciones que dirigiría el sobrino. El carácter «puntilloso y exigente» de Bonet ya le había ocasionado fricciones con el marqués de la Torre por una supuesta usurpación de poderes[49] y hasta con su sucesor, Don José Navarro, pero ahora recelaba también del clan Gálvez y se negaba a ayudarlos alegando la inminencia de mal tiempo. Más allá del nepotismo que seguramente jugó algún papel en las decisiones emanadas del ministerio de Indias, las probadas cualidades del joven Bernardo Gálvez sugieren que también una diferencia generacional pudo influir en la resistencia de los Jefes de La Habana.[50]

A pesar de esa resistencia, en marzo Bernardo Gálvez se apoderó de Mobila pero tuvo que abandonar la expedición a Pan-

---

[47] Reparaz, pp. 38-42.
[48] Saavedra, *Journal...*, pp. 299-300.
[49] Emilio Blanchet, *Compendio de la Historia de Cuba*, Kessinger Publishing, Lavergne, s/f [1ª ed. Imprenta de la Aurora del Yumurí, Matanzas, 1866], p. 80.
[50] Jacobo de la Pezuela, *Diccionario geográfico, estadístico, histórico de la Isla de Cuba*, 4 v., Imprenta del Establecimiento de Mellado, Madrid, 1865, t. I, pp. 188-9, t. IV, pp.116-7. Bernardo Gálvez había cumplido 34 años de edad; Bonet, Navia y Navarro tenían 66, 59 y 72 años respectivamente; los temores por el mal tiempo no eran necesariamente infundados pues los años de 1779 y 1780 fueron extraordinariamente violentos y mortíferos en el Caribe y el Golfo de México (Sherry Johnson, *Climate and Catastrophe in Cuba and the Atlantic World in the Age of Revolution*, The University of North Carolina Press, Chapel Hill, 2011, pp. 143-47; Charles Gayarré, *History of Louisiana. The Spanish Domination*, Redfield, New York, 1854, pp. 122-3, 151).

zacola por falta de recursos. Enterado Carlos III, ordenó en abril la creación de una Junta de generales de La Habana que debía imponer sus decisiones por mayoría de votos. Sin embargo, continuó el desacuerdo entre los jefes de la marina y del ejército, y la gestión del capitán general Navarro en la Junta no fue efectiva para resolver el impasse. Las tensiones continuaron aún después de la llegada de José Solano al mando de una gran escuadra quien, desatendiendo las órdenes de su jefe Bonet, cedió a la enérgica insistencia de Bernardo Gálvez para ir a atacar a Panzacola, y sufriendo grandes pérdidas al ser abatida su flota por un terrible huracán.[51]

A mediados de junio de 1780 llegó de América un mensajero a la Corte que se hallaba instalada en el Palacio Real de Aranjuez, a unos cincuenta kilómetros al sur de Madrid. El teniente Manuel González del Regimiento de España informó al ministro José Gálvez de la toma de Mobila por su sobrino Bernardo, de «la escasez de caudales que se padecía en La Habana» y de cómo los esfuerzos para reunir las fuerzas necesarias para expulsar a los ingleses de Panzacola se veían frustrados por la «desunión que reinaba entre aquellos jefes».[52]

José Gálvez comprendió que aquella situación requería la presencia de un apoderado del Rey quien, conociendo los deseos de la Corte, supiese imponerlos a la Junta de generales de La Habana y representar a España ante sus aliados en el escenario de la guerra. El ministro de Indias llamó a su despacho a su empleado Francisco de Saavedra.

---

[51] La escuadra de Solano había salido de Cádiz en abril y llegado a La Habana el 4 de agosto. Además de una docena de navíos, cinco fragatas y ciento cuarenta cargueros, Solano llegó con unos 7,000 hombres pero muchos de ellos llegaron enfermos (Saavedra, *Los Decenios...*, pp. 114-119; Reparaz, pp. 43-48).

[52] Francisco de Saavedra, *Diario de Don Francisco de Saavedra*. Transcripción, introducción y notas por Francisco Morales Padrón, Universidad de Sevilla, Sevilla, 2004, pp. 45, 52; *Los Decenios...*, pp.118, 120.

José Moñino y Redondo,
conde de Floridablanca

Un agente con poderes

El sevillano Francisco de Saavedra Sangronis había recibido una sólida educación religiosa antes de optar por la carrera militar. A los 21 años pasó de un convento en Granada a una escuela de cadetes en Madrid y de ahí a la Academia Militar de Ávila. Allí se granjeó la simpatía de su jefe, el teniente general Alejandro O'Reilly, un irlandés que de niño había ingresado en el ejército español como cadete y se había distinguido en varias misiones ganándose así el agradecimiento de su Rey. O'Reilly había sido enviado a la Luisiana en 1769 para imponer allí el dominio español que estaba siendo abiertamente desafiado por los pobladores de ascendencia francesa. El nuevo Gobernador y Capitán general puso fin a la resistencia con mano dura (algunos lo apodaron *Bloody* O'Reilly), restableció el orden y estimuló el comercio. Cuando regresó a España dos años más tarde, el Rey lo nombró Inspector General de Infantería.[53]

En 1775 el teniente Saavedra había acompañado a O'Reilly cuando el general llevó un ejército de unos 23,000 hombres a Argel para castigar las depredaciones de los piratas. El enemigo los estaba esperando desde buenas posiciones y en grandes números; los españoles sufrieron casi 3,000 bajas y tuvieron que retirarse en pocas horas. Esta aparatosa derrota le ganó a O'Reilly el nuevo mote de "general desastre" y dejó su repu-

---

[53] Saavedra, *Los Decenios...*, pp. 23-47; John Walton Caughey, *Bernardo de Gálvez in Louisiana, 1776-1783*, Pelican Publishing Company, Gretna, 1972 [1ª ed. 1934], pp. 22-28

tación muy disminuida;[54] la relación de Saavedra con su benefactor también sufrió con esa expedición a Argel. La afición de Saavedra a la lectura le había permitido adquirir suficiente fluidez en francés e inglés y, mientras buscaba otro empleo, suplementaba su sueldo de teniente traduciendo libros.[55]

En camino a Madrid para incorporarse ambos a la expedición a Argel, Francisco de Saavedra había conocido al joven capitán Bernardo Gálvez con quien establecería «una íntima amistad». Volvieron a coincidir cuando Bernardo se recuperaba de una herida recibida en la playa argelina y así Saavedra llegó a conocer a don Miguel Gálvez, el consejero del Rey, y después a su hermano José, recién nombrado Secretario de Estado del Despacho Universal de Indias, o más breve: Ministro de Indias. En 1778, dos años después de haberse conocido, Gálvez empleó a Saavedra en la Secretaría de Indias en una plaza de «oficial 4º».[56]

Desde muy temprano Saavedra creía que «a fuerza de leer buenos libros había adquirido cierta imparcialidad en materias opinables».[57] Esta evidente cualidad, unida a su eficiente desempeño en la Secretaría, impresionó al ministro Gálvez tan favorablemente que le consideró apto para la peligrosa y delicada misión al Caribe.

A instancias de su ministro de Indias, el Rey de España, Carlos III, nombró a don Francisco de Saavedra como su enviado especial y lo invistió con poderes extraordinarios. El Rey emitió órdenes a la junta de generales para que aceptasen la palabra de su agente Saavedra como si «fuesen órdenes del Rey»; asimismo, a los tesoreros de Indias les ordenó que pusieran a

---

[54] Óscar Recio Morales, "Una aproximación al modelo del oficial extranjero en el ejército borbónico: la etapa de formación del teniente general Alejandro O´Reilly (1723-1794)", Cuadernos dieciochistas, 12, 2011, Ediciones Universidad de Pamplona, p. 171
[55] Saavedra, *Los Decenios...*, pp. 78-99
[56] *Ibídem*, pp. 81-110. Aquí Saavedra se equivoca o exagera pues, según asegura el profesor Morales Padrón, entró a la Secretaría como «Oficial quinto tercero» y no llegó a «Oficial cuarto tercero» hasta 1782 (p. 10n).
[57] *Ibídem*, p. 38,

disposición de Saavedra «cuantos caudales» pidiese. Una vez así apoderado, a Saavedra se le explicaron verbalmente los cuatro objetivos de su misión: facilitar la expedición contra Panzacola; enviar sin demora plata a España; socorrer al gobernador de Guatemala para limpiar la costa de ingleses; y coordinar con los franceses el uso de fuerzas combinadas de mar y tierra para «la conquista de Jamaica o cualquiera otra operación importante que dictasen las circunstancias.»[58]

Aunque Saavedra se movilizó enseguida a la Coruña para embarcar para las Indias, el mal tiempo y noticias de una escuadra inglesa en la cercanía demoraron su salida por dos meses, hasta que el 21 de agosto de 1780 comenzó su larga y accidentada travesía con un convoy francés que se dirigía a la isla de Martinique y sería azotado allí por un huracán que le causó enormes estragos. La fragata correo en que viajaba Saavedra se salvó de aquella tragedia porque el capitán había decidido antes separarse del convoy, pero el huracán los alcanzó también y los zarandeó violentamente durante 48 horas en camino a Cumaná —en la costa de la actual Venezuela— donde debían hacer escala antes de continuar hacia Cuba. De Cumaná zarparon a fines de octubre al encuentro de otro gran percance: la fragata fue capturada por un barco inglés y remolcada a Jamaica. Ignorando aquellas autoridades la importancia del personaje que habían apresado, algún tiempo después concedieron permiso al aparentemente inofensivo Francisco de Saavedra para trasladarse a Cuba. El apoderado del Rey llegaría finalmente a La Habana el 22 de enero de 1781, siete meses después de su nombramiento.[59]

Antes de su captura, Saavedra había arrojado al mar todos sus documentos comprometedores pero previsoramente la Corte había enviado copia de sus credenciales a La Habana y los miembros de la Junta de generales ya sabían que el Rey les hablaría por boca de aquel burócrata que ahora contaba treinta y cuatro años de edad. Los primeros pasos del comisionado con

---

[58] *Ibídem*, pp. 118-9.
[59] Saavedra, *Misión de guerra...*, pp. 48-87, 136-40

poderes resultarían también reveladores pues Saavedra se reunió por varias horas con su íntimo amigo y sobrino de su benefactor, Don Bernardo Gálvez, antes de siquiera saludar al Gobernador y demás Jefes civiles y militares.[60]

Pronto el comisionado con poderes pudo cumplir dos de sus cuatro tareas: primero, ordenó el envío de hombres y pertrechos desde Nueva España y Cuba al gobernador Matías Gálvez, para desalojar a los ingleses de las costas de Guatemala y segundo, superó las desavenencias en la Junta de generales de La Habana y reunió los elementos necesarios para que Bernardo Gálvez pudiese llevar su expedición contra Panzacola.[61] Saavedra se había quedado en La Habana para agilizar el envío de la plata mexicana a España y organizar el traslado de las fuerzas de mar y tierra al Guarico, que sería el punto de reunión con la flota francesa para la campaña contra Jamaica. Ante noticias de que una flota inglesa se dirigía a apoyar a los defensores de Panzacola, el comisionado con poderes movilizó las fuerzas disponibles en La Habana y, con José Solano al frente, fueron a auxiliar la expedición de Gálvez. La noticia resultó falsa pero el auxilio a Don Bernardo fue tan preciado que el jefe de aquella escuadra fue ascendido a Teniente General y luego premiado con el título de marqués del Socorro; a Francisco de Saavedra se le otorgó «una pensión vitalicia de ocho mil reales de vellón» y una Cruz pensionada de la Orden de Carlos Tercero.[62]

A su regreso a La Habana Saavedra recibió órdenes reales de pasar «al Guarico sin pérdida de tiempo a concertar con el

---

[60] *Ibídem*, p. 141. Además de Gálvez, la Junta de generales incluía a su presidente el gobernador de La Habana y capitán general de la Isla Diego José Navarro García de Valladares; el general del ejército Victorio de Navia y Bellet; el mariscal de campo Juan Manuel de Cagigal Monserrate; el comandante del departamento de marina Juan Bautista Bonet; y los jefes de escuadra José Solano y Bote y Juan Bautista de Tomasco.

[61] Matías Gálvez era ya, por ascenso filial, gobernador de Guatemala; en 1783 llegaría al virreinato de la Nueva España.

[62] Reparaz, *op. cit.*, pp. 137-51, 227; Saavedra, *Misión de guerra...*, pp. 148-9, 173-6.

conde de Grasse» las futuras operaciones conjuntas.[63] Tras la victoria de Gálvez en la Florida, el otro gran objetivo de España era «conquistar la Jamaica» pero otras prioridades afectaron esos planes.

---

[63] Guarico era el nombre original del Cabo Francés (Cap-François), que hoy se llama Cabo Haitiano (Cap-Haïtien).

Francisco Saavedra de Sangronis

De Grasse en el Guarico

El jefe de las fuerzas terrestres francesas, el general Rochambeau, había escrito al jefe de la escuadra que operaba en las Antillas, el almirante conde de Grasse, pidiéndole se le uniera con su flota cuanto antes y que trajera refuerzos y dinero. El almirante recibió la carta de Rochambeau a mediados de julio cuando arribó a Cabo Francés. Aceptando la preferencia que le comunicara Rochambeau, de Grasse decidió que su destino sería la bahía de Chesapeake e inmediatamente despachó a la fragata *Concorde* de regreso al norte con su respuesta mientras se daba a la tarea de reunir los elementos para cumplir esa misión.

Con la pequeña escuadra francesa del *Chevalier* Monteil,[64] Saavedra zarpó de La Habana y llegó al Cabo Francés el 12 de julio; cuatro días después, el conde de Grasse entró allí con su flota. Pronto de Grasse y Saavedra acordaron un plan de campaña para los próximos meses y se dieron a la tarea de eliminar los obstáculos para la más inmediata misión de la flota: la ayuda a Rochambeau. Primero, de Grasse quería fortalecer su escuadra con los navíos de Monteil pero las autoridades del Cabo necesitaban una flotilla para «asegurar el comercio de la colonia»; entonces propuso a Saavedra que algunos navíos españoles le acompañaran a Chesapeake. Saavedra le recordó que Es-

---

[64] El comodoro Adhemar, marqués de Monteil, era parte de una familia que remontaba su fama militar a las cruzadas. Monteil se había distinguido en la toma de Panzacola; luego se enemistaría con su jefe, el almirante de Grasse, y a su desobediencia durante un encuentro en diciembre de 1781 se le atribuye ser la causa de que la escuadra del almirante Samuel Hood escapara. (Goussencourt, *op. cit.*, pp. 55, 97-98).

paña no había reconocido la independencia de las Trece Colonias por lo que ese «paso podría parecer intempestivo y no ser aprobado» por su gobierno; en lugar de eso, Saavedra se comprometió «a que viniesen de la Habana cuatro ó seis navíos españoles» para asegurar la protección del puerto y la costa y así de Grasse podría contar con los treinta y un navíos franceses. Segundo, había en el Cabo una fuerza de más de tres mil hombres bajo el mando del marqués de Saint-Simon, de estos, el Rey francés, Luis XVI, había puesto dos mil a disposición de España; Saavedra se los cedió temporalmente al Conde como parte del refuerzo que este debía llevar a Rochambeau, y el gobernador francés también le permitió llevar el otro millar que pertenecía a su guarnición fija.[65] El tercer inconveniente giraba en torno al dinero, pero este debería tener fácil solución pues el Cabo Francés era, después de La Habana, el puerto más rico de las Antillas. Un miembro de la flota había observado con asombro que la afluencia económica era tanta que muchos «hacendados se gastan sobre seis o siete mil francos en jóvenes mulatas».[66]

Según el relato de Saavedra, el conde de Grasse y las autoridades del Cabo trataron de obtener allí el metálico que había pedido el general Rochambeau «ofreciendo letras pagaderas a breve término sobre la tesorería de París» con una generosa ganancia. Tanto de Grasse como los jefes de la colonia contaban con que los préstamos alcanzarían también para cubrir sus propias necesidades pero los comerciantes se negaron a ayudarlos porque «dos años antes había hecho la misma operación» el conde d´Éstaing y el pago se hizo con tanto retraso que «el comercio perdió la confianza.» Los franceses sabían que la escuadra de Monteil había traído de La Habana 500,000 pesos que representaban los "situados" de Puerto Rico y Santo Do-

---

[65] Carta de Francisco de Saavedra a Joseph de Gálvez de 31 de julio (inédita), Centro de Documentación Histórica de la Florida Colonial Hispana, Fondo Florida, S. XVIII, Guerra de Independencia (en lo adelante CDHFCH); Saavedra, *Los Decenios…*, p. 160.
[66] Goussencourt , *op. cit.*, pp. 57-58.

mingo que Saavedra debía entregar a sus representantes, y apelaron al comisionado español para que les facilitara una parte de aquel tesoro. Saavedra estuvo de acuerdo en prestar 100,000 a la tesorería del Cabo y al Conde para abastecer la escuadra. Desde luego, aún faltaba el dinero que Rochambeau consideraba tan importante como las tropas de refuerzo, y de Grasse dedicó aún algunos días más a tratar de extraer de sus paisanos los fondos que necesitaba pero sólo consiguió 50,000 libras tornesas. El Conde se vio obligado a recurrir de nuevo a Saavedra pero éste ya había despachado los "situados" de Puerto Rico y Santo Domingo a sus destinos; no obstante, don Francisco sugirió que, ya que las órdenes de de Grasse prescribían que «en caso de hallarse apurado de caudales recurriese a los españoles», el Conde podría enviar una fragata a La Habana a pedir allí el dinero como parte del millón negociado entre las cortes borbónicas.[67]

Poco después, el Conde decidió que no podía dilatar más su partida y que finalmente tendría que volver a «recurrir a los españoles» como se había previsto en sus instrucciones. Con aspecto de sentirse «muy hostigado», de Grasse informó a Saavedra de su decisión y le pidió al español que se adelantara en una fragata que recogería los fondos en La Habana y se reintegraría al resto de la flota en aguas de Matanzas para de allí tomar rumbo al norte en busca de la bahía de Chesapeake. El comisionado Francisco de Saavedra aceptó la misión y salió del Cabo junto a la flota el 5 de agosto; pocos días después, al pasar cerca de Baracoa, el almirante de Grasse envió una embarcación a ese puerto oriental cubano en busca de prácticos que supieran guiarlo sobre las peligrosas aguas del Canal Viejo de las Bahamas, «por donde una flota francesa nunca había pasado».[68] Saavedra iba a bordo de la *Aigrette*, que había regresado de La Habana el día 13; la fragata, armada de treinta y cuatro caño-

---

[67] Saavedra, *Los Decenios*, pp. 162-63; Saavedra, *Misión...*, pp. 239, 241.
[68] Saavedra, *Los Decenios*, p. 163; [Anónimo], "Journal of an Officer...", p. 152; Goussencourt, *op. cit.*, p. 62.

nes, estaba al mando del marqués de Traversay y el día 6, «con el cúter *"Alerta"* se adelantaron a la escuadra».[69]

---

[69] Jean-Baptiste-Prevost de Sansac, marqués de Traversay, había ingresado en la Marina Real en 1765 y ahora era Teniente de Navío (Gardiner, *op. cit.*, p. 113); Saavedra contó 34 cañones en la *Aigrette* Saavedra, *Los Decenios*, p. 163), Goussencourt dijo que tenía 32 (p. 26), mientras otra fuente le atribuye sólo 26 (G. Lacour-Gayet, *La marine militaire de la France sous le Règne de Louis XVI*, Honoré Champion, Libraire-Éditeur, Paris, 1905, p. 649) . Es probable que algunos reportaran el número original de cañones mientras otros contaran sólo los que estaban en estado operativo.

Jean Baptiste Charles-Henri Hector,
conde d´Estaing

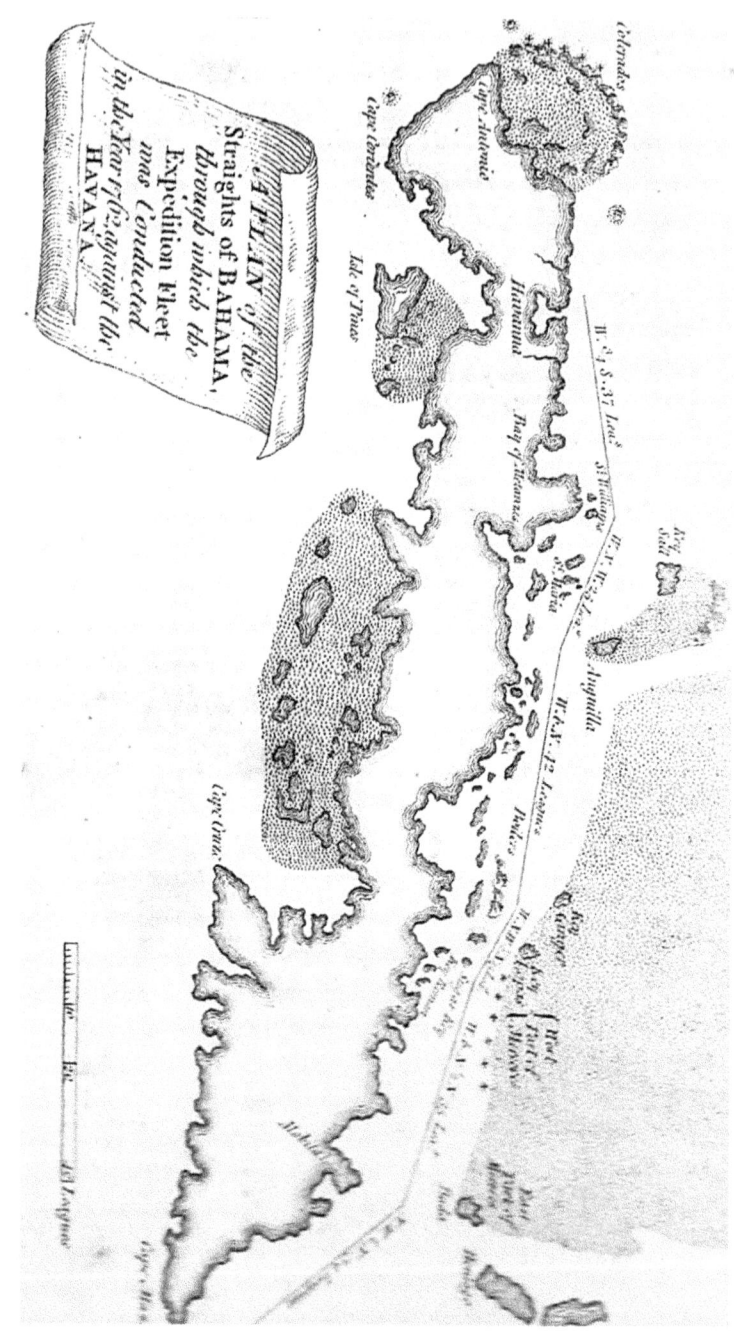

El Canal Viejo de Bahamas en un plano inglés de 1762

La Habana, la flota y la plata

Al comisionado Saavedra le tomó diez días llegar a La Habana pero una vez allí no perdió tiempo en reunirse con los generales para informarles sobre sus acuerdos con de Grasse. De la Junta de generales se encontraba ausente en la Luisiana el Jefe del ejército, Bernardo Gálvez, pero allí estaban José Solano, quien mandaba la escuadra, y Juan Manuel Cagigal Monserrat, el gobernador interino de La Habana. Cagigal oficó al intendente Juan Ignacio de Urriza sobre el motivo de la presencia de la fragata francesa en la bahía para que este «dispusiese lo que estimare oportuno» y el activo Saavedra tomó el pliego y salió en busca del intendente Urriza y del tesorero Ignacio Peñalver y Cárdenas.[70] Urriza sabía bien lo que le resultaba oportuno disponer ante esta situación pues —producto de acuerdos entre los gobiernos de París y Madrid—, semanas atrás había recibido «la Real orden de 17 de Marzo para entregar en los meses de Julio y Septiembre de por mitad un millón de pesos fuertes a los Comandantes Franceses que se presentaren a percibirlos».[71] Desde luego, el Intendente debía tener cuidado en «obtener recibos en cuadriplicado» y enviarlos al ministro Gálvez para que la corte de Francia le pagara la misma cantidad en Cádiz.[72] Lo que pedía el conde de Grasse se ajustaba perfectamente a aquella Orden del Rey.

---

[70] Saavedra, *Los Decenios*, pp. 161-64; Reparaz, p. 217; Carta de Urriza a Saavedra de 24 de septiembre de 1781, CDHFCH.
[71] *Ibídem* (ortografía original).
[72] Orden de la misma fecha del ministro Gálvez al virrey Martín de Mayorga (citada por Glascock, *op. cit.*). Con este simple trámite financiero ambas cor-

Urriza recordaría que en aquellos momentos «la tesorería se hallaba exausta de caudales» porque los navíos con el "situado" procedentes de Vera Cruz no habían llegado;[73] Saavedra había explicado que no era posible esperar por el "situado" porque la flota francesa estaría en peligro si continuaba estacionaria en espera de los fondos. La situación se resolvió con relativa facilidad, pero, como este es el hecho central en el mito, obsérvese qué dijeron sobre él Cagigal, Urriza y Saavedra, verdaderos testigos de excepción.

El mariscal de campo Juan Manuel Cagigal servía entonces interinamente como gobernador y entre él y el intendente Urriza se había desarrollado una rivalidad que ya era bien conocida entre los militares y funcionarios en La Habana.[74] Quizás por ese motivo —aunque el comisionado con poderes Saavedra estaba autorizado por el Rey para ordenar cualquier movimiento de fondos por sí solo—, a pesar de la urgencia que sentía, el astuto sevillano decidió cumplir con la formalidad de obtener un oficio del gobernador dirigido al intendente para eliminar cualquier resistencia —tanto del cubano Cagigal como del navarro Urriza—, que pudiese demorar su importante gestión. En su informe para el ministro de Indias, Cagigal aprovechó la oportunidad para registrar una poco velada queja por no habérsele informado oficialmente a

---

tes se beneficiaban al no tener que exponer sus respectivos tesoros transportándolos entre América y Europa; además de la seguridad que ofrecía, también representaba un importante ahorro pues se «estimaba que costaba una libra para enviar cuatro a América» (Lee Kennett, *The French Forces in America, 1780-1783*, Greenwood Press, Westport, 1977, p. 67); las cortes borbónicas intercambiaron otro millón de pesos del mismo modo en abril de 1782 (Saavedra, *Journal...*, p. 316).

[73] El virrey Mayorga había recibido el pedido del millón el 11 de julio y, aunque aseguraba haberlo despachado «a marchas forzadas» hacia Acapulco para su embarque para La Habana, no llegó hasta septiembre. Según Mayorga, de La Habana no llegaban suficientes barcos para transportar los socorros de la Nueva España (Glascock, *op. cit.*)

[74] Poco después, el 21 de agosto, se anunció el ascenso de Cagigal a Teniente General (Reparaz, *op, cit.*, p. 227).

él sobre el millón de pesos que se había prometido a los franceses mientras que Urriza había recibido una orden real al efecto. Así reportó Cagigal que Saavedra le había explicado cuan necesario era el dinero:

> «y que para ello era conveniente pasase Yo un oficio al Intend^{te} de Exercito, sin embargo defaltarme or̃n del Rey sobre el particular [...] alas 24 horas se habia hecho la entrega delos referidos quinientos mil p^s al citado Mr Traverse. Para colectar esa Cantidad, mediante lo exausto de caudales que está la Tesoreria, ha sido preciso previniese alos Cuerpos que tienen algun fondo, lo entregasen al Tesorero, y que el Intendente recurriese alos Vecinos, quienes se han portado con liberalidad para poder llenar esta urgencia del servicio...»[75]

El intendente Urriza, quien de acuerdo con sus órdenes consideraba esta entrega a los franceses como la primera de dos, describió el hecho con el lenguaje directo y escueto de quienes manejan números:

> «...solicité prestados los 500 [mil] pesos del primer plazo, y con las solemnidades necesarias se entregaron a M^r. de Traversay, quien salió con ellos de este puerto para el desu destino.» [76]

Más amigo de las letras, Don Francisco de Saavedra escribió varias veces sobre la colecta. Su primera versión quizás sea esta que confió a su diario:

> «Hechóse la voz en efecto entre los vecinos y díjose que el que quisiese contribuir con su dinero para socorrer la escuadra francesa lo enviase inmediatamente a la Tesorería. Dos oficiales franceses

---

[75] Cagigal a José Gálvez, de 17 de agosto de 1781, facsímil digitalizado disponible en www.ouramericanhistory.com cortesía de Barbara A. Mitchell (consultado el 5 de mayo de 2015).
[76] Urriza a Saavedra, de 24 de septiembre de 1781, CDHFCH. [En el manuscrito original, entre "500" y "pesos" hay un símbolo que se considera signifique "mil" o "miles".]

fueron a percibirlo, y en seis horas se juntó el dinero necesario, se embarcó, y a las ocho de la noche se hizo la fragata a la vela.»[77]

Dos días después de la colecta, el comisionado Saavedra incluyó en el informe que remitió al ministro de Indias esta reseña:

«En este apuro recurrio el Intend[te.] á estos havitantes; manifestó la urgencia en q[e.] se hallaba, y en poco mas de seis horas se juntaron los quinientos mil pesos, se encajonaron, y se embarcaron en la frag[ta]. y se hizo esta á la vela sin haverse detenido en el puerto mas de un dia. Los oficiales franceses quedaron asombrados dela generosidad conq[e]. estos havitantes concurrieron al servicio desu Rey franqueando todo el dinero que tenían y no pudiendo dexar de hacer algunas comparaciones q[e]. hacen poco honor á los havitantes del Cabo Frances.»[78]

Además de la largueza que pudiese haber adornado a aquellos habaneros, esa disposición a suplir los fondos requeridos por las autoridades también había sido cuidadosamente cultivada por el Intendente de ejército de La Habana. Quejoso de «los pocos auxilios que enviaba Nueva España» Urriza sabía que su «principal recurso estribaba en la confianza que las gentes del país tenían a su buena fé» y por eso les pagaba sus préstamos tan pronto pudiera «aunque al otro día fuese preciso pedir prestada igual o mayor suma.» El mecanismo recaudatorio estaba tan bien engrasado que unos meses antes, cuando Saavedra llegó a La Habana, Urriza adeudaba a los vecinos más de tres millones de pesos.[79]

Pasado el tiempo, el comisionado con poderes Saavedra volvió a escribir en sus memorias —obviamente apoyándose en su diario—, un texto casi idéntico al de su informe a Gálvez de 18 de agosto de 1781 sobre aquella recogida de dinero en La Habana:

---

[77] Saavedra, *Diario*..., p. 208
[78] Carta de Francisco de Saavedra a Joseph de Gálvez de 18 de agosto de 1781, CDHFCH (ortografía original). Este documento parece ser un borrador de la carta citada por el profesor Lewis del Archivo General de Indias en Sevilla, Indiferente General, legajo 1578.
[79] Saavedra, *Misión de guerra*..., pp.144, 149.

«Echóse la voz desde luego entre los vecinos, y se dijo por medio de esquelas a los pudientes que el que gustase contribuir con su dinero para socorrer la escuadra francesa, que iba a hacer una expedición de que acaso dependía la prontitud de una paz ventajosa, lo hiciese inmediatamente enviándolo a la tesorería. Dos oficiales franceses fueron a percibirlo, y en seis horas se juntó el dinero necesario, se embarcó, y a las ocho de la noche se hizo la fragata a la vela.»[80]

Estos testigos oculares —sin motivo para ocultarlo— no reportaron que las "damas de La Habana y sus joyas" hayan jugado algún papel en la colecta. Se hace difícil creer que cuando Saavedra elogió el patriotismo de los vecinos que tanto asombró a los oficiales franceses, hubiese omitido una referencia al gesto de las "damas de La Habana" ofreciendo "sus diamantes", de haber sido este un hecho real. La lista que publicó el profesor Lewis de los vecinos que prestaron los fondos no deja dudas sobre quiénes fueron los prestamistas (comerciantes, hacendados y pagadores de unidades militares) ni sobre lo que prestaron (dinero contante y sonante). Como bien dejó establecido Lewis, la versión sobre las "damas de La Habana y sus joyas" carece de fundamento histórico.

¿Entonces, cómo y por qué se origina el mito? Para tratar de desentrañar las razones que movieron a un autor anónimo a inventar aquella imagen teatral es necesario enfocar la atención sobre la historia del conde de Grasse.

---

[80] Saavedra, *Los Decenios*, p. 164.

De Grasse rinde su espada

De Grasse desgraciado

La expedición a la bahía de Chesapeake resultó en un éxito rotundo para el almirante François-Joseph de Grasse. El Conde llegó allí el 30 de agosto y enseguida logró contacto en tierra con las fuerzas francesas y americanas; desembarcó la tropa del marqués de Saint-Simon quien, subordinado al legendario marqués de Lafayette, jugaría un importante papel en el sitio de Yorktown; y del dinero recogido en La Habana entregó al general Rochambeau lo que este había pedido.

Mientras de Grasse defendía la entrada de la bahía se divisó una escuadra inglesa de 21 navíos que comandaba el almirante inglés Thomas Graves y que venía a evacuar las fuerzas de Cornwallis. Para no perder tiempo, de Grasse ordenó cortar las sogas de las anclas para salir de inmediato a desafiar a la escuadra y llevar la acción al mar abierto permitiendo así la entrada al escuadrón francés que traería de Boston más tropas y el grueso de la artillería de sitio. La batalla naval duró tres días y ambas escuadras sufrieron importantes pérdidas pero la agotada escuadra inglesa tuvo que retirarse de la zona y así la suerte de Lord Cornwallis y su división quedó sellada. Esta victoria en Yorktown inclinó la balanza irreversiblemente contra Gran Bretaña y, aunque la guerra continuaría aún por muchos meses, los combates amainaron y ya no hubo duda sobre cuál sería el desenlace. Al almirante de Grasse se le reconoció en toda su importancia su contribución al feliz desenlace de Yorktown y ostentó, por un tiempo, los laureles de esa victoria. Seis meses después todo cambiaría.

.

Después de Yorktown, el Conde continuó operando contra los ingleses en las Antillas con un saldo positivo, hasta el 12 de abril de 1782. Ese día la flota del almirante George Rodney dio alcance a la escuadra del conde de Grasse cuando navegaba cerca de las Islas de los Santos (*Îles des Saintes*), unas islitas que se encuentran entre Guadalupe y Dominica. De Grasse tomó una decisión controversial: empeñó la flota en combate para proteger la retirada de un navío averiado. La batalla resultó desastrosa para los franceses; sus pérdidas en términos de hombres y barcos fueron cuantiosas; unas once horas más tarde se selló la gran derrota francesa cuando el conde de Grasse, rodeado, cañoneado y puesto fuera de combate su buque insignia, el *Ville de Paris*, sufrió la ignominia de tener que rendir su espada a las fuerzas del barón Rodney.

De Grasse fue remitido a Londres en calidad de prisionero y luego devuelto a Francia en agosto de 1782 portando proposiciones inglesas de paz; fue entonces cuando se percató de lo bajo que había caído su reputación. Al principio, las críticas a de Grasse se habían limitado al cuestionamiento de sus decisiones estratégicas en el teatro de la guerra pero, debido a su conducta posterior, hasta su honorabilidad se puso en tela de juicio. El sentimiento nacional reprobó el «exagerado entusiasmo» con que el Conde había reaccionado a la gran recepción que le brindaron en Londres; además, tanto la opinión popular como la oficial le reprochaban sus declaraciones públicas culpando a sus subordinados por la derrota en Les Saintes. El repudio a de Grasse siguió aumentando e incluso algunos llegaron a tildarle —injustamente— de cobarde.[81]

En abril de 1783, el Rey ordenó la formación de un consejo de guerra para dilucidar responsabilidades por la derrota en la batalla de Les Saintes pero pasaron muchos meses sin que comenzara la investigación. Frustrado por la espera, el conde de Grasse distribuyó una autodefensa impresa como su *Mémoire* del combate, lo cual le había sido prohibido y sólo sirvió para agravar más su si-

---

[81] G. Lacour-Gayet, *op. cit.*, pp. 431-433; aunque un autor asegura que de Grasse se presentó ante el Rey ([Anónimo], "Journal of an Officer...", p. 180) otro afirma que el Rey rehusó recibirlo (J. G. Shea, *The Operations...*, p. 22).

tuación.⁸² Fue en este contexto en que apareció un nuevo panfleto apologético de la gestión del Conde, este de autoría desconocida y ostensiblemente publicado en Ámsterdam en 1783. Las circunstancias de su publicación y su contenido sugieren ineludiblemente que el propio conde de Grasse tuvo mucho que ver con esta vehemente defensa de su conducta al mando de la flota y que no se debe desechar la idea que él mismo lo haya escrito.⁸³

No resulta festinado atribuir ese panfleto a de Grasse ya que desde que se popularizara el sistema de impresión de textos inventado por el alemán Johannes Gutenberg, personajes agraviados lo utilizaron para diseminar argumentos autodefensivos, y a menudo las circunstancias dictaban que se hiciera anónimamente, o bajo algún seudónimo. Así en 1643, en la España de Felipe IV, se hizo famoso el caso del folleto denominado "El Nicandro" en que el ex-Valido, don Gaspar de Guzmán, se defendía anónimamente de las acusaciones que causaron su retiro.⁸⁴ En 1892, el líder revolucionario cubano José Martí Pérez identificó a su compatriota Ramón Roa Trevera como «*El Venezolano*» que había publicado un panfleto justificando la posición anti-independentista.⁸⁵

Las primeras versiones que llegaron al Cabo Francés sobre la debacle naval de Les Saintes dejaban en duda el destino del *Ville de Paris*, el barco insignia, del almirante de Grasse; un testigo te-

---

⁸² Comte de Grasse, *Mémoire du Comte de Grasse, Sur le Combat Naval du 12 Avril 1782, avec les Plans des positions principales des Armées respectives*, París [?], 1783 [?]; en una fallida solicitud de apoyo al presidente Washington, de Grasse le envió una copia pidiéndole no la mostrara a nadie pues estaba violando «la orden que he recibido de no distribuir estas memorias impresas» (Howard C. Rice, Jr., and Anne S. K. Brown, *The American Campaigns of Rochambeau's Army 1780, 1781, 1782, 1783,* 2 v., Princeton and Brown University Presses, Princeton and Providence, 1972, T. I, p. 311.
⁸³ «[escrito] por una mano amiga, si no por la suya propia» J. G. Shea, *The Operations...*, p. 21.
⁸⁴ Gregorio Marañón, *El Conde-Duque de Olivares (La pasión de mandar)*, Espasa-Calpe, S. A., Madrid, 1936, pp. 363-370.
⁸⁵ José Martí a Manuel Sanguily, "Otros textos martianos", *Anuario del Centro de Estudios Martianos 9*, Centro de Estudios Martianos, La Habana, 1986, pp. 20-21.

mía que hubiese sido «volado o sumergido».[86] En su recuento, el defensor anónimo del Conde señaló a los habitantes de la colonia francesa del Guarico entre los primeros en criticar al almirante cuando se le creía muerto:

> «… el destino preservó su vida sólo para que pudiese proteger su reputación; pues los muertos siempre estarán equivocados y los actos de los vivos se blanquearán a expensas de ellos: esto se observó en St. Domingue, donde se le suponía muerto.»[87]

En realidad, esa reacción no debió sorprender a nadie pues la visita del conde de Grasse había exaltado las pasiones de los habitantes del Cabo. Cuando Luis XVI ascendió al comodoro de Grasse al rango de contralmirante y le dio el mando de las operaciones navales francesas en las Américas muchos creyeron que el Rey debió haber nombrado al conde d´Estaing[88] en su lugar y acusaron a de Grasse de haberse valido de «intrigas cortesanas» para obtener el puesto.[89] Ambos condes tenían vínculos con St. Domingue y el Cabo Francés: de Grasse había estado destacado allí antes de la guerra y tenía propiedades en la colonia; el conde d´Estaing había traído la primera flota francesa al continente americano y durante esa etapa del conflicto el conde de Grasse había operado por un

---

[86] Saavedra, *Los Decenios…*, p. 196.
[87] [Anónimo], "Journal of an Officer…", p. 178.
[88] Charles-Henri-Théodat, conde d´Estaing (1729-1794), trazó una impresionante hoja de servicio desde Mosquetero (1745) a Teniente General del ejército (1762) y Gobernador General de St. Domingue (1764-1766) y de las Islas de Barlovento por varios años más. Con escasa experiencia marinera, fue nombrado Vice Almirante al mando de las fuerzas de mar y tierra enviadas a ayudar a los rebeldes americanos donde su desempeño fue decepcionante. Herido en el fallido sitio de Savannah, regresó a Francia en 1779 y fue asignado a la gran fuerza franco-hispana reunida en Cádiz en 1782 que se desbandó cuando se firmó la paz. Aunque se hizo republicano, defendió a Marie Antoinette y cayó bajo sospecha muriendo guillotinado. (Gardiner, *op. cit.*, pp. 110-13.); su nombre completo era Jean-Baptiste-Charles-Henri-Hector, comte d'Estaing, marquis de Saillans (*Encyclopædia Britannica Online*, "Charles-Hector, count d'Estaing", accessed July 30, 2015, http://www.britannica.com/biography/Charles-Hector-comte-dEstaing.)
[89] Goussencourt, *op. cit.*, pp. 27-28.

tiempo bajo su mando directo. Quizás debido a diferencias de opinión o por celos profesionales, entre d´Estaing y de Grasse «reinaba una irreconciliable enemistad» y representaban los bandos opuestos en la división que existía en la marina de guerra francesa entre «los oficiales militares o antiguos, y los auxiliares o del comercio».[90] Los tradicionalistaseran admiradores de Grasse y críticos de las tácticas de d´Estaing a quien veían como un «almirante *amateur*» y «un hombre sin talento».[91] Cuando Francisco de Saavedra llegó a Cabo Francés el 12 de julio de 1781, d´Estaing estaba en Europa pero su presencia aún se sentía en Le Cap pues «toda la colonia» recordaba con mucho cariño sus años de gobernador; además, el actual gobernador, M. de Reynaud, era según Saavedra, un «partidario, y aún hechura del conde de Estaing».[92]

En la tarde del 16 había comenzado la entrada al puerto del Cabo Francés de la impresionante flota del almirante de Grasse; consistía de 31 navíos de línea, 7 fragatas, 6 cúteres y custodiaba un convoy de 160 barcos mercantes. El conde de Grasse buscó al Teniente de Rey de la plaza, el brigadier general de las fuerzas coloniales Jean de Lilancourt-Taste, para entregarle pliegos prove-

---

[90] George Otto Bart Trevelyan, *George the Third and Charles Fox: The Concluding part of the American Revolution*, Longmans, Green, and Co., New York, 1914, t. II, p. 350; ([Anónimo], "Journal of an Officer…", p. 151; J. G. Shea, *The Operations…*, p. 20 ; Saavedra, *Los Decenios…*, p. 159.

[91] Trevelyan, *op. cit.*, t. II, pp. 351-52; John Knox Laughton, *Letters and Papers of Charles, Lord Barham, Admiral of the Red Squadron, 1758-1813*, The Navy Records Society, London, 1907, t. I, p. xxxix. Además de su impericia en maniobras navales, d´Estaing gustaba utilizar las tripulaciones en ataques terrestres; sus críticos alegaban que no era prudente exponer así a marineros experimentados cuando era imposible, o muy difícil, reemplazarlos.

[92] Jean-François, conde de Reynaud de Villeverd, General de la milicia colonial en 1779, combatió en Savannah bajo d´Estaing y fue ascendido a Brigadier del Ejército; era gobernador desde abril de 1780 (Gardiner, *op. cit.*, p. 92); Saavedra, *The Journal…*, pp. 194, 198 . [Cuando se cita esta fuente, las palabras de Saavedra han sido traducidas por el autor desde la edición en inglés del diario; sólo se recurre a esa edición al citar comentarios que, por algún motivo, fueron excluidos de la versión española de Morales Padrón de 2004 y luego de haberlos confrontado con la versión del padre Pérez Alonso en *Misión de guerra*....]

nientes de la corte de Versalles ordenándole asumir inmediatamente la gobernación de St. Domingue con carácter interino; Reynaud quedaba destituido. Don Francisco de Saavedra creyó que este cambio iría en detrimento de la colonia pues Reynaud, a pesar de sus «malas pulgas, tenía carácter, era recto, activo, emprendedor; había hecho muchos beneficios al país» mientras Lilancourt «pasaba por hombre urbano y de apacible condición», pero no parecía poseer «la actividad y el tesón» que aquella posición requería. Los simpatizantes del almirante de Grasse celebraron el remplazo de Reynaud como una victoria sobre d´Estaing y esto provocó una reacción del bando opuesto. El Conde estuvo esa tarde en la residencia del solícito Lilancourt y para celebrar la ocasión se preparó esa noche un espectáculo de fuegos artificiales que defraudó las expectativas porque se apagaban continuamente; cuando se descubrió que los amigos de Reynaud habían cortado las mechas los ánimos se caldearon. En vista del acaloramiento que mostraban los dos bandos, Saavedra llegó a temer que las celebridades «rematasen en tragedia.»[93]

Pero pocos días después, Saavedra pudo comprobar que el bando de d´Estaing no tenía un monopolio en cuanto a reacciones pueriles. Durante su gobernación, Reynaud había invertido caudales y esfuerzos en llevar agua potable hasta el muelle para que los barcos no tuviesen que desembarcar sus pipas; la obra se remató con una bella fuente para facilitar la aguada y en ella Reynaud había colocado una placa dedicándola al conde d´Estaing. Cuando de Grasse se enteró, montó en cólera y «mandó que 15 ó 20 marineros de la escuadra hiciesen mil pedazos aquella misma noche la fuente.» Algunos intercedieron y lograron limitar el daño a la destrucción del frontispicio y la desaparición de la inscripción.[94]

Los resentimientos de los cabofranceses no eran sólo producto de la actitud poco conciliatoria y la impetuosidad del conde de Grasse; también tuvieron razones para creer que las decisiones del Conde habían puesto en peligro sus vidas y sus fortunas. Además

---

[93] Saavedra, *The Journal*..., pp. 198-99; Saavedra, *Los Decenios*..., pp. 158-59; Gardiner, *op. cit.*, p. 103.
[94] Saavedra, *Los Decenios*..., p. 161.

de los dos mil hombres cedidos por Saavedra para la expedición, el gobernador Lilancourt permitió que de Grasse embarcara los otros mil doscientos que tenía el marqués de Saint-Simon bajo su mando; también resultó que los cuatro navíos y varias fragatas españolas que Saavedra había prometido enviar desde La Habana para proteger al Cabo Francés y su comercio nunca se materializaron debidamente. Lilancourt y el intendente Le Brasseur[95] enviaron sus quejas a Saavedra y el propio comisionado español hubo de reconocer «cuan vergonzoso» resultaba aquel incumplimiento.[96] Ante la completa indefensión en que había quedado el Cabo y los mercantes que se acumularon en aquel puerto, hasta un admirador del conde de Grasse admitió que, tal conducta en un almirante inglés, en Gran Bretaña le hubiera costado la vida.[97]

El disgusto de aquellos vecinos, reprimido mientras a de Grasse lo cobijó el manto de la victoria de Yorktown, se desbordó al enterarse de su derrota ante Rodney, y el efecto de tales críticas al Conde no estaba limitado a herir su amor propio. A la manera típica de las colonias americanas, los hacendados y comerciantes del Cabo formaban parte de redes de poder que a menudo se extendían a sus metrópolis y podían ejercer influencia en sus cortes; en el Versalles de Luis XVI una reputación dañada podía impactar en el estatus social y político hasta de un conde.

En la *Mémoire* publicada bajo su firma, el conde de Grasse no se había limitado a defender su actuación sino que además, atacó y trató de desacreditar a sus contrarios con poco veladas críticas. Su apasionado defensor anónimo siguió la misma práctica y así se observa cómo se regodea en los detalles al relatar los inútiles esfuer-

---

[95] Alexander Lebrasseur, o Le Brasseur, fue Intendente de Saint Domingue de 1780 a 1782 (David Patrick Geggus y Norman Fiering, editores, *The World of the Haitian Revolution*, Indiana University Press, Bloomington, 2009, p. 70; M. L. E. Moreau de Saint-Méry, *Description topographique, physique, civile, politique et historique de la partie française de L'isle Saint Domingue...*, Gale ECCO edición facsimilar [1ª ed. Philadelphia, 1798], t. II, p. vii).

[96] Saavedra, *Los Decenios...*, p. 169; carta de Lilancourt y Le Brasseur a Saavedra de septiembre [?] 29 de 1781, CDHFCH.

[97] Gardiner, *op. cit.*, p. 103; Alfred T. Mahan, *The Influence of Sea Power Upon History, 1660-1783*, Little, Brown, and Company, Boston, 1898 [14ª ed.], p. 392.

zos del conde de Grasse —hasta ofreciendo sus propiedades en garantía— para conseguir los fondos en el Cabo Francés, y a ese rotundo rechazo de sus compatriotas inmediatamente contrapone su descripción de cómo en La Habana, cuando las autoridades españolas apelaron a los vecinos para conseguir el dinero,

> «Hay que decir, para honra de los colonos, que todos estuvieron deseosos de hacerlo; hasta damas, ofreciendo sus diamantes.»[98]

Ni de Grasse ni su desconocido apologista fue testigo de la colecta en La Habana, es decir, estamos en presencia de un relato subjetivo, sin corroboración, escrito por un autor anónimo que no estaba en el lugar de los hechos y ni siquiera explica quién se lo dijo ni cómo y cuándo alhajas y joyas se convirtieron en dinero metálico de tal forma que pudiera ser entregado con rapidez y en montos comprobables a los franceses. Tomando en cuenta la evidencia documental descubierta por el profesor Lewis y conociendo las circunstancias que motivaron la frase, se debe concluir que la mención de las «damas, ofreciendo sus diamantes» es una ficción del escritor para realzar el contraste en su denuncia implícita al hecho de que los súbditos habaneros de Carlos III hicieron por su Rey lo que los súbditos cabofranceses de Luis XVI se negaron a hacer por el suyo. En la comparación que estableció aquel autor, mientras más generosos y patrióticos aparecieran los vecinos —y hasta las vecinas— de La Habana, mayor la deshonra y el descrédito de sus detractores, los vecinos del Cabo Francés.

Este intento de neutralizar a sus enemigos del Cabo, como todos los otros esfuerzos del conde de Grasse para defenderse de sus impugnadores en Francia, resultaría insuficiente. El *Conseil de Guerre Extraordinaire de Marine* duró desde enero hasta mayo de 1784 y, aunque su dictamen no le achacó a de Grasse la responsabilidad directa de la derrota de Les Saintes, tampoco lo exoneró y al descartar sus acusaciones sobre la mala conducta de sus subor-

---

[98] « It must be said, to the honor of the colonists, that all were eager to do so; ladies, even, offering their diamonds.» [Anónimo], "Journal of an Officer…", pp. 151-152

dinados «sí censuró implícitamente al Almirante.»[99] El conde de Grasse se retiró a vivir en su mansión en las afueras de París hasta su muerte en 1788.

Fuese por desconfianza de lo dicho en defensa del Conde, o por evitar la mención de un incidente que favorecía más a los españoles que a los franceses, lo cierto es que aquel detalle de "las damas y sus diamantes" no tuvo eco en la historiografía francesa por casi dos siglos. Cuando al fin, en 1965, se publicó una biografía del conde de Grasse, se le dio un giro extraordinario al mito: el autor afirmaba que «las damas del Cabo Francés y de Port-au-Prince ofrecieron sus joyas para la causa americana» y que de Grasse agradeció el gesto aunque rehusó aceptar el regalo.[100] Este autor había resaltado la importancia que para él tuvo el libro de Charles Lee Lewis; ese fue un libro publicado en 1945 donde se había reproducido el mito de las joyas de las damas habaneras. La mutación del mito introducida por el escritor francés sólo puede atribuirse a un error garrafal o a una curiosa muestra de chovinismo galo.[101]

Entre los historiadores anglosajones de ambas orillas del Atlántico —revelando quizás un cierto prejuicio contra España—, la mayoría mencionaban la plata que de Grasse llevó a Yorktown sin detenerse a explicar su procedencia, y otros se limitaban a decir que se recogió en La Habana. Por su parte, los cronistas españoles y cubanos tampoco se dieron por enterados de la versión hermoseada del folletista francés. Ocho décadas después, el panfleto anónimo fue traducido al inglés y publicado en un volumen que recogió también otros textos franceses relacionados con las operaciones del conde de Grasse[102]; tomaría otras ocho décadas para que algunos autores resucitaran en sus obras aquella desafortunada frase.

---

[99] Rice, Jr. and Brown, *op. cit.*, T. I, pp. 311-12.
[100] Jean-Jacques Antier, *L´amiral de Grasse. Héros de l'Independance américaine*, Librairie Plon, París, 1965, p. 204 ; íd., *L´amiral de Grasse, vainqueur à la Chesapeake*, Editions Maritimes et d´Outre-Mer, París, 1971, pp. 67-8.
[101] Antier, *Héros...*, p. 461.
[102] J. G. Shea, *op. cit.*

José Ramón Fernández Álvarez

FONTAINE D'ESTAING,
AU CAP-FRANÇOIS.
Isle St Domingue.

El mito descubre a Cuba

Como se sabe, a la pluma de Stephen Bonsal se debe la introducción del mito en la historiografía cubana, pero no sólo porque lo incluyó en un libro sobre los franceses y Yorktown que quizás nadie en Cuba hubiese conocido —como no se conocía el folleto anónimo ni su traducción al inglés— sino por algo que Bonsal hizo después de aquella publicación.

Por medio de su hijo Philip, diplomático de carrera entonces destacado en el Departamento de Estado en Washington y buen amigo del Dr. Oscar Díaz Albertini, Stephen Bonsal concertó una cita con este abogado y cabildero cubano.[103] Según el relato de Díaz Albertini sobre aquel encuentro —publicado por Ramiro Guerra en el Diario de la Marina—, Bonsal trajo una copia del libro y le mostró lo que había escrito sobre las "damas de La Habana"; curiosamente, Bonsal le señaló que este hecho histórico «de ser cierto, puede tener importancia para Cuba» y deseaba su ayuda para «obtener datos y antecedentes sobre ese episodio…para ampliar lo que él ha escrito en la revisión que haga de su libro».

Según estas palabras de Oscar Díaz Albertini citadas por Ramiro Guerra, el propósito de la visita de Bonsal era recabar

---

[103] Oscar Díaz Albertini y Cárdenas practicó leyes por un tiempo en La Habana, trabajó en las secretarías de Gobernación y de Estado, vivió muchos años en Washington y se le conoció allí por un tiempo como el jefe del "Cuban Lobby" del azúcar (William Belmont Parker, *Cubans of To-Day*, G. P. Putnam´s Sons, New York, 1919, pp. 325-26; Drew Pearson and Robert S. Allen, "The Washington Merry-Go-Round", United Feature Syndicate, Inc., *Circleville Herald*, Ohio, February 4, 1939).

ayuda de historiadores en Cuba a fin de obtener más información sobre aquel hecho para una revisión que creía necesaria. En vista que Stephen Bonsal parecía manifestar, si no dudas, al menos inseguridad sobre la veracidad de lo que había escrito sobre "las damas", Díaz Albertini no lo dio por cierto. Tampoco lo dio por cierto Ramiro Guerra quien declaró «sin falsa modestia» no estar «en condiciones de poder informar sobre el asunto» y sugirió que quizás eruditos «como el doctor Francisco de Paula Coronado, el capitán Llaverías, el doctor Trelles y otros que hay en Cuba» pudiesen ofrecer datos sobre el particular.[104]

En pocas semanas, el 7 de mayo de 1945, se anunciaría el ganador del premio Pulitzer de Historia y Stephen Bonsal se convertiría en blanco de la atención intelectual y académica de su país.[105] La aparente preocupación del señor Bonsal sobre el asunto de "las damas" no era infundada pues había errado tanto en la interpretación de los hechos como en la fuente de la información y para colmo, por rara coincidencia, era razonable temer que esto se haría evidente en junio cuando se esperaba la salida a la venta de otro libro sobre el mismo tema cuyo autor sí citaba correctamente el texto y la fuente.[106]

En el libro de Bonsal se dice que la cantidad reunida en Cuba era un millón de ducados «entregado a Saint-Simon para pagar a sus tropas por las "damas de La Habana"»; además, Bonsal decía haber tomado la información de una «Carta de de Grasse desde Matanzas» sin precisar la ubicación de tal carta. Obviamente, el texto de Bonsal presenta varias inexactitudes. En primer lugar, no es necesario aquí debatir sobre los valores relativos de las dis-

---

[104] Ramiro Guerra Sánchez, "Las señoras de La Habana y la independencia de los Estados Unidos", *Diario de la Marina*, 17 de abril de 1945, 1:9. Coronado era director de la Biblioteca Nacional, Joaquín Llaverías dirigía el Archivo Nacional y Carlos M. Trelles era un internacionalmente reconocido historiador y bibliógrafo.
[105] "'Harvey' is Winner of Pulitzer Prize", *The New York Times*, 8 de mayo de 1945.
[106] Charles Lee Lewis, *Admiral de Grasse and American Independence*, United States Naval Institute, Annapolis, 1945.

tintas monedas (pesos, libras, ducados) para concluir que cualquiera de las cantidades citadas, de ser repartidas entre los 3,200 hombres que llevaba Saint-Simon, tocarían a demasiado dinero por soldado; más importante resulta el hecho que Saint-Simon no fue a La Habana a recoger el dinero pues —según escribió en su diario— el Marqués estaba con la flota cuando vio llegar a la fragata *Aigrette* con su preciada carga.[107] También es de notar que Bonsal parece excluir la participación de otros vecinos al atribuir solamente a las "damas de La Habana" la obtención del dinero —aunque a su favor se debe señalar que no menciona los "diamantes" del relato apócrifo.

Realmente, aún todos estos desaciertos serían perdonables de haber sido tomados de buena fe de una fuente legítima, pero la fuente que dio Bonsal resultaba altamente improbable, tanto así, que no conocemos noticias que alguien más la haya encontrado.[108]

El autor del otro libro de 1945 sobre Yorktown, Charles Lee Lewis, profesor de la Academia Naval de los Estados Unidos, señalando correctamente como su fuente al autor anónimo del folleto de 1783, había citado aquella versión fielmente en su libro, reproduciendo tanto la verdad sobre como «la tesorería fue ayudada por particulares» y que «todos estaban ansiosos» de hacerlo, como la falacia de las «damas ofreciendo sus diamantes». En realidad, como la falsedad sobre las damas había sido añadida para dar más énfasis a un hecho real, esta era una versión menos

---

[107] Claude Anne de Rouvroy, marqués de Saint-Simon-Maublérn, "Le Journal des campagnes de l'Amérique depuis le 5 juillet 1781 jusqu'au 12 avril 1782" parcialmente reproducido en "La capitulation d'Yorktown et le comte de Grasse" por Ludovic de Contenson, *Revue d'Histoire Diplomatique*, 1928, Paris, pp. 386-87.

[108] Bonsal, *op. cit.*, pp. 119-20. No hay indicios que Stephen Bonsal haya recibido información alguna de parte de historiadores cubanos pero su *faux pas* histórico tampoco le ocasionó consecuencias adversas; el libro se reimprimió varias veces y el pasaje sobre "las damas de La Habana" y Saint-Simon sobrevivió hasta 1968 en la última edición que conocemos. Stephen Bonsal publicaría dos nuevas obras antes de fallecer en 1951; su hijo Philip sería el último embajador de los Estados Unidos en Cuba (1959-1960).

dañina del mito en que solamente se atribuía a las damas una participación incidental en un proyecto más amplio que involucró a los vecinos y al gobierno.[109] Mas, al igual que en Cuba se desconocía la existencia del folleto anónimo, tampoco nadie se dio por enterado de la existencia de este libro de Charles Lee Lewis y por esto se adoptó la versión más edulcorada de Stephen Bonsal en la cual todo el dinero lo proveen "las damas de La Habana" sin participación de otros vecinos ni de autoridades españolas.

Según Bonsal había dicho a Díaz Albertini, él sabía la importancia que ese hecho histórico podía tener para Cuba, «de ser cierto»; no hay que dudar que Ramiro Guerra y todos los otros historiadores cubanos también sabían sopesar su posible importancia histórica y política. La conclusión que los Estados Unidos tenían una vieja deuda de gratitud con los pobladores de la isla de Cuba era inevitable. Además, era harto conocido que los peninsulares se casaban frecuentemente con criollas y por tanto, las "damas de La Habana" eran naturales de la Isla de Cuba, ergo, cubanas. Naturalmente, esta información resultaría agradable a muchos cubanos que en alguna medida cargaban como un gran peso el agradecimiento que imponía la intervención decisiva de los americanos en la guerra contra España.

El dato que Bonsal parecía haber desempolvado creaba la sensación de que las cuentas entre los dos países se equilibraban. Pero la forma controvertida en que Bonsal había presentado la información no inspiraba mucha confianza y, a pesar de la difusión que le dio el artículo de Ramiro Guerra de 1945, los historiadores cubanos, resistieron la tentación y pasarían años antes que se repitiera lo escrito por Bonsal.

---

[109] Charles Lee Lewis, *op. cit.*, pp. 138, 353.

«LAS DAMAS DE LA HABANA» Y SUS JOYAS

El Ejército Continental en marcha

Francisco de Miranda

Cuba descubre el mito

Quien primero utilizó aquella cita de Stephen Bonsal en Cuba parece haber sido el profesor José Manuel Pérez Cabrera en un discurso pronunciado en 1950 con motivo del bicentenario del nacimiento del precursor de la independencia hispanoamericana, el venezolano Francisco de Miranda. Miranda vivió en Cuba desde 1780 hasta 1783, aunque se ausentó a menudo en misiones a Panzacola, Jamaica, las Bahamas y Cabo Francés. En mayo de 1781 el teniente general Juan Manuel Cagigal había sido nombrado gobernador de Cuba y Miranda era su edecán favorito. Luego de muchas aventuras alrededor del mundo, en 1793 en París, Miranda fue enjuiciado acusado de traición a la Revolución Francesa y en su defensa argumentó que, entre sus servicios a Francia, él había sido quien «facilitó al Sr. De'Grasse medios» para llevar a Yorktown.[110] Bajo la firma de su abogado se publicó un folleto en que, entre otros créditos, se atribuía a Miranda participación en la «feliz ejecución» de la «salida del señor de Grasse para Chesapeake».[111] Aunque ni Miranda ni su abogado habían ofrecido «dato probatorio alguno», Pérez Cabrera creyó tener en el relato de Stephen Bonsal una posible corroboración de la intervención de «la mano hábil y diligente» de Miranda en la «generosa contribución de las

---

[110] Nota de autoría incierta en los papeles de Miranda (Francisco de Miranda, *América espera*, selección, prologo y títulos por J. L. Salcedo-Bastardo, Biblioteca Ayacucho, Caracas, 1982, p. 160).
[111] Chauveau Lagarde, *Plaidoyer pour le Général Miranda, accusé de haute trahison & de complicité avec le Général en chef Dumourier*, Chez Barrois Paîné, Libraire, París, 1793, p. 7. (*Colombeia*, Revolución Francesa, t. XIII, ff. 99-131).

señoras de La Habana».[112] Tristemente, lo que tenemos aquí es un mito apoyando a otro mito.

James A. Lewis destacó que la única fuente conocida de la supuesta participación de Francisco de Miranda en la obtención del dinero para de Grasse parece ser el propio Miranda. Pero además, existe prueba documental que demuestra que Francisco de Miranda ni siquiera estaba en La Habana aquel 16 de agosto de 1781: el gobernador Cagigal había despachado a su edecán en una misión a Jamaica con un nutrido grupo de prisioneros ingleses para ser canjeados, y el día 14 de agosto Miranda le escribió a Cagigal desde el Surgidero de Batabanó —en la costa sur de Cuba y a casi 60 kilómetros de La Habana—, informándole de su inminente salida rumbo a Kingston.[113]

El Dr. Pérez Cabrera era un importante miembro de la Academia de la Historia de Cuba y pronto su ejemplo fue seguido por otros —entre ellos el presidente de la Academia, el profesor Emeterio S. Santovenia Echaide—, y en poco tiempo el cuento de las damas y sus diamantes, en la versión más distorsionada de Stephen Bonsal, adquirió en Cuba categoría de hecho histórico. Y para algunos, desde ahora la ficción incluiría también a un gallardo Francisco de Miranda utilizando «toda la irradiación de su vigorosa personalidad» para hacerse irresistible a «las ricas damas de la sociedad».[114]

Pero en la historiografía de los otros países que protagonizaron aquellos trascendentales sucesos —Estados Unidos, Francia, Es-

---

[112] Pérez Cabrera, *Miranda en Cuba*, pp. 16-19

[113] Carta de Miranda a Cagigal de 14 de agosto de 1871 desde Batabanó, *Francisco de Miranda, Colombeia*, Ediciones de la Presidencia de la República, Caracas, 1979, Tomo II, p. 247. Es justo explicar que en Cuba aún se desconocían casi todos los detalles referentes a la expedición de de Grasse y la misión de Saavedra; es por eso que Pérez Cabrera, por ejemplo, aunque conocía la carta de Miranda del día 14, no se percató de su significado porque no sabía que el dinero se había recogido en La Habana el día 16.

[114] Emilio Roig de Leuchsenring, "¿Quién debe gratitud a quién? Aporte de Cuba a la independencia de los Estados Unidos", *Revista INRA*, No. 7, julio de 1961, pp. 10-13 [disponible en http//librinsula.bnjm .cu/1-205/2004/enero/03/pasado/pasado4.htm]

paña, Gran Bretaña—, las menciones de aquel dinero traído de La Habana eran raras, y escaseaban aún más las ocasiones en que se le otorgaba la importancia que Bonsal y los cubanos le atribuían; este aparente descuido llamaba más la atención en el caso de los norteamericanos porque habían sido los más beneficiados. Desde luego, hay que tomar en cuenta que los historiadores americanos tenían una visión distinta de la gestión de España.

Bernardo de Gálvez y Madrid,
Conde de Gálvez

Españoles y americanos

Tal como hiciera Stephen Bonsal en 1945 con el relato de "las damas de La Habana", en nuestros días se ha popularizado el entresacar del pasado pasajes poco conocidos que puedan resultar enaltecedores de alguna nacionalidad, etnia o grupo humano lo cual parece, a simple vista, una práctica inocente y hasta loable. No obstante, cualquier esfuerzo dirigido a la consecución de un objetivo predeterminado peca, cuando menos, de selectividad en el uso de la información y subjetividad en el análisis; esto siempre resulta en algún nivel de distorsión de los hechos. Así, el deseo de destacar aspectos positivos de la influencia hispana en los Estados Unidos —una actividad digna de respeto y apoyo—, se manifiesta a menudo en una inclinación a maquillar el papel que jugó España en la revolución americana.

En el barrio a orillas del río Potomac llamado Foggy Bottom, a la sombra de la sede del Departamento de Estado, se puede admirar una magnífica estatua ecuestre de Bernardo Gálvez que España obsequió al pueblo de los Estados Unidos con motivo del bicentenario de la declaración de independencia de este país. En el amplio pedestal está grabado el discurso que pronunciara S. M. el Rey Don Juan Carlos I durante el acto de presentación el 3 de junio de 1976 y que incluye estas palabras:

«AL DESCUBRIR Y HACER ENTREGA DE ESTE MONUMENTO A BERNARDO DE GÁLVEZ, EL GRAN SOLDADO ESPAÑOL QUE CONTRIBUYÓ DECISIVAMENTE AL TRIUNFO DE LOS EJÉRCITOS DE JORGE WASHINGTON EN SU LUCHA POR LA INDEPENDENCIA NORTEAMERICANA, QUIERO RECORDAR BREVEMENTE LA BRILLANTE Y VALE-

ROSA CAMPAÑA QUE REALIZÓ EN LAS TIERRAS DEL BAJO MISSISSIPI. LA CONQUISTA DE LA FLORIDA OCCIDENTAL FUE, ADEMÁS DE UNA OBRA MAESTRA DE LA ESTRATEGIA MILITAR, LA JUGADA QUE PERMITIÓ, AL ALIVIAR DE MODO CONSIDERABLE LA PRESIÓN DE LOS INGLESES EN LA GUERRA CONTRA LOS COLONOS AMERICANOS QUE DESEABAN LA INDEPENDENCIA, LA VICTORIA FINAL DE VUESTROS EJÉRCITOS Y EL TÉRMINO DE LA GUERRA CON EL NACIMIENTO DE LOS ESTADOS UNIDOS.

[...]

QUE LA ESTATUA DE BERNARDO DE GÁLVEZ SIRVA PARA RECORDAR QUE ESPAÑA OFRECIÓ LA SANGRE DE SUS SOLDADOS PARA LA CAUSA DE LA INDEPENDENCIA NORTEAMERICANA.»[115]

A dos siglos de distancia, estos comentarios reflejan la opinión actual del papel que jugara España con respecto a las Trece Colonias cuando, tanto una como las otras peleaban contra Inglaterra. Por supuesto, la realidad es algo más compleja.

La rebelión de las Trece Colonias había colocado a Carlos III en una situación políticamente escabrosa: por una parte, el Pacto de Familia con Francia y una fuerte corriente anglófoba en España dictaban el desquite contra Inglaterra y, consecuentemente, ponerse del lado de los rebeldes; por otro lado, el reconocimiento del derecho de aquellos colonos a proclamar su independencia sería un precedente que podría tener consecuencias nefastas para España en sus propias colonias en América. Esta antinomia afectó las tomas de decisiones en la corte española y produjo una marcada ambivalencia hacia la causa independentista durante los ocho años del conflicto, y aún después.

Naturalmente, desde el comienzo de la insurrección París y Madrid trataron de aprovechar las dificultades de Inglaterra, pero sus divergentes posiciones hacia los rebeldes quedaron pronto delineadas: Francia, complacida con que el conflicto se desen-

---

[115] Esta versión en castellano es tomada del sitio electrónico del Ministerio de la Presidencia del Gobierno de España en: http://www.mpr.gob.es/servicios/publicaciones/vol09/pag_03.html, consultada el 1º de septiembre de 2014.

volviera lejos de Europa se comprometió en una estrecha alianza con los colonos separatistas; España, con mucho más que perder en América ante aquel ejemplo de rebeldía colonial, trataría de cumplir las exigencias de su pacto con Francia —prestándoles algún dinero y vendiéndoles provisiones para que no se apagara la rebelión—, pero manteniéndose firme en su renuencia a reconocer la independencia de los americanos. Las divergencias llegaron a tal nivel que el ministro de Estado español llegó a sugerir que en las políticas de las cortes borbónicas quizás sería mejor «obrar separados, sin dejar de ser amigos...» como ya se había propuesto en lo militar.[116] Madrid no aceptaría a ningún delegado del Congreso americano como tal, rechazando primero a Arthur Lee y después a John Jay.[117] Asimismo, sus agentes en las Trece Colonias estaban allí a título personal y no podían siquiera tener contacto directo con el Congreso Continental. Acorde con este estado de cosas, las fuerzas de mar y tierra españolas nunca operarían junto a las americanas.[118] Por cierto que durante el sitio

---

[116] Floridablanca al conde de Aranda c. 1778 (Antonio Ferrer del Río, *Obras originales del conde de Floridablanca, y escritos referentes a sus persona*, edición facsimilar [1ª ed. 1867], p. xxviii).

[117] En 1777, Arthur Lee había tomado la «intempestiva resolución» de tratar de ir a Madrid pero fue interceptado en Burgos y le prometieron "socorros" que tendría que ir a recibir en París. En 1780 llegó el flamante Ministro designado por el Congreso ante la corte española, el Sr. John Jay, pero la corte rehusó aceptar sus credenciales; Jay se marchó a París cuando se le informó que no recibiría más "socorros" (Juan-Francisco Yela Utrilla, *España ante la Independencia de los Estados Unidos*, Ediciones Istmo, Madrid, 1988 [1ª ed. 1925], pp. 165, 172, 420-458, 643).

[118] Hubo un intento fallido de coordinación por iniciativa de Bernardo Gálvez quien planeaba marchar sobre Panzacola y pidió a los americanos crear una diversión en Georgia para distraer posibles refuerzos enemigos. No hubo tal cosa pues ni los ingleses fueron a Georgia ni Gálvez pudo ejecutar sus planes en esa ocasión. Resulta interesante el siguiente comentario de Washington por esa época sobre los éxitos de Gálvez que algunos hoy consideran decisivos para la independencia americana: «Estos hechos no sólo sirven los intereses inmediatos de Su Majestad [Carlos III] y estimulan la causa común sino que probablemente tengan una influencia beneficiosa en los asuntos de los estados sureños en estos momentos. (Washington a Juan de Miralles, 27 de febrero de 1780, citado por Reparaz, *op. cit.*, p. 236.) A título personal, un puñado de

de Yorktown Washington dejó claro que, en vista de la situación política entre los dos países, sería impropio proponer a España un plan de operaciones conjuntas.[119]

En febrero de 1778 Francia firmó con los comisionados americanos tratados comerciales y de alianza defensiva que provocaron el rompimiento de hostilidades con la Gran Bretaña. Apoyándose en el Pacto de Familia, París reclamó la participación de España pero Carlos III, aludiendo al acuerdo franco-americano, «rehusó tomar parte en una lucha provocada por tratados hechos sin su anuencia» y hasta redujo los préstamos que venía haciendo a las Trece Colonias. Esta disensión entre los gabinetes borbónicos perduró hasta la primavera del 1779 cuando los representantes de ambos reyes firmaron en Aranjuez un tratado de «alianza defensiva y ofensiva» contra Inglaterra logrando al fin la entrada de España en la guerra contra Inglaterra. España lo firmó rechazando específicamente la alianza con los americanos.[120]

El Tratado de Aranjuez detalla los territorios y derechos que cada corona deseaba adquirir por medio de esta guerra; pero mientras Francia se manifestaba comprometida a no deponer las armas sin que Inglaterra reconociera la independencia de los «Estados-Unidos de la América Septentrional» y había «propuesto y solicitado» que España hiciese lo mismo, los españoles evadieron de nuevo tal obligación con fina reticencia.[121]

Aunque los políticos españoles no reconocían oficialmente la independencia de los americanos, desairaban a sus representan-

---

americanos que vivían en New Orleans participaron en las campañas de Gálvez (Caughey, *op. cit.*, p. 153).

[119] "From George Washington to Francisco Rendón, 12 de octubre de 1781," Founders Online, National Archives ((http://founders.archives.gov/documents/Washington/99-01-02-07145 [last update: 2014-09-30]). Source: this is an **Early Access document** from The Papers of George Washington. It is not an authoritative final version.

[120] Alejandro del Cantillo, *Tratados, convenios y declaraciones de paz y de comercio que han hecho con las potencias estranjeras los monarcas españoles de la Casa de Borbón*, Imprenta de Alegría y Charlain, Madrid, 1843, pp. 555-563

[121] *Ibídem*, pp. 553-554.

tes, les suministraban ayuda a cuentagotas y en el terreno militar se limitaban a perseguir sus propios objetivos territoriales, los americanos no podían darse el lujo de mostrarse ofendidos arriesgando enajenarse, no sólo la poca ayuda que recibían de Madrid, sino también la mucho más cuantiosa que recibían del monarca francés, tan ligado por política y por estirpe al Rey de España. Sin embargo, en las filas de los colonos y de sus aliados franceses llegó a desarrollarse un sentimiento anti-español que, refrenado durante la revolución, se manifestaría luego sin tapujos. Mientras los políticos, los diplomáticos y los generales cuidaban el lenguaje y guardaban la forma, el descontento se manifestaba a otros niveles.

Un marino francés llegó a opinar con dureza que la plata que los españoles dieron en La Habana para el conde de Grasse «sirvió de excusa para que los diecisiete navíos que habían allí no lo acompañaran en la expedición. ¿No es una vergüenza que esos barcos lleven dos años pudriéndose en el puerto? Sólo una nación tan cobarde como la española puede sumergirse en la inacción, dejando a sus aliados llevar el peso de la guerra.»[122]

También los pobladores del Guarico se sintieron defraudados por España. Como ya se ha visto, de Grasse se había llevado todos sus navíos confiando en que Saavedra enviaría una escuadra para proteger al Cabo Francés y su comercio. Pero aunque los enemigos del Conde lo culparon por haberlos dejado indefensos, los cabofranceses sabían que los españoles eran los culpables. Desde finales de julio de 1781, Saavedra había prometido enviar cuatro navíos de línea que no llegaron hasta noviembre y estuvieron allí por sólo seis días antes de regresar a La Habana pues el Jefe de escuadra Tomasco utilizó «el pretexto de convoyar algunos mercantes españoles que se hallaban allí». Por este motivo en octubre Saavedra —quien no pudo, o no quiso, imponerse al jefe de la flota—, temía que

---

[122] Goussencourt, *op. cit.*, p. 63

> «... los franceses nos tendrán por gente de mala fé que faltamos a lo pactado tanto más que ellos tenían que despachar su convoy a Europa en todo este mes, y o lo havrán detenido con grande perjuicio de su comercio, o le havrán echado fuera con mucho riesgo.»[123]

Unos meses después, cuando finalmente comenzaron a concentrarse en el Guarico las fuerzas combinadas que formarían parte en la malograda expedición a Jamaica, se suscitaron frecuentes «pendencias» entre los soldados españoles y los marineros franceses que coincidieron en Puerto Plata y el Guarico.[124] El jefe de la flota española, José Solano, tuvo entonces la oportunidad de revertir la mala opinión de los vecinos pero la desperdició. En la rada de Cabo Francés se encontraban cerca de cuatrocientas naves comerciales y a medida que llegaban al Cabo las maltrechas unidades que lograron salvarse de la batalla de Les Saintes se hizo evidente que la marina francesa no tenía barcos en condiciones de escoltar el convoy a Europa; Solano tenía su flota intacta y —con la cancelación del ataque a Jamaica—, ociosa. Según un oficial de la flota francesa, se le pidió a Solano protección para el viaje «pero en vano». El convoy hubo de esperar más de cuatro semanas por la reparación de algunos de los barcos menos averiados antes de comenzar su travesía.[125]

En definitiva, la sangre no llegó al río pero una vez decidida la guerra, España fue blanco de recriminaciones y algún que otro desquite. Así, en París, en septiembre de 1782, el embajador es-

---

[123] Saavedra, *Misión...*, pp. 264, 298. El primer convoy salió el 24 de octubre escoltado por un solo navío y algunos transportes armados; los 126 mercantes pudieron llegar intactos en Francia el 7 de diciembre (Dull, *The French Navy and American...*, p. 243)

[124] Saavedra, *Los Decenios...*, pp. 187, 190, 193; Saavedra, *Journal...*, pp. 288, 297, 304-5. La derrota de la flota francesa en Les Saintes imposibilitó el ataque a Jamaica.

[125] Karl Gustaf Tornquist, *The Naval Campaigns of Count de Grasse During the American Revolution 1781-1783*, Swedish Colonial Society, Philadelphia, 1942, pp. 108, 112.

pañol en Francia, el conde de Aranda,[126] se quejaba porque John Jay, el ministro americano designado por el Congreso ante España quien hasta época reciente había sido menospreciado por la corte de Carlos III, ahora —con el apoyo del marqués de Lafayette—, exigía que Aranda «le comunicase sus poderes» formalmente y por escrito antes de entrar en discusiones con él.[127] El ministro español no se dio por enterado que Jay le estaba pagando con la misma moneda.

Aranda también recogió la reacción del embajador Jay acerca de la ayuda de España a los americanos:

> «Respondió Jay bastante fríamente que sí, en algunas ayudas de costas; pero en cuanto a la guerra dijo que en Madrid lo habían entretenido con que se ayudaría a las Colonias con las armas de España, y a lo mejor se avía visto que estas se dedicaban a conquistar para sí la Florida; y esto en nada avía ayudado sobre New-Yorck, ni Charles-town.»

Presionado por Aranda para que reconociese los beneficios que reportaron las tropas españolas sobre la Florida, en su lugar, el embajador Jay le echó en cara que «ojalá no hubiesen tomado Panzacola pues se dejó ir su guarnición a New-Yorck» lo que resultó ser refuerzo considerable para los ingleses.[128] El ministro Jay se refería a un incidente que escandalizó a los americanos y a los franceses y colmó la copa de muchos dirigentes en ambos campos.

---

[126] Pedro Pablo Abarca de Bolea, conde de Aranda, sirvió de embajador en Francia hasta 1787; en 1792 remplazó en el ministerio de Estado al conde de Floridablanca, Don José Moñino y Redondo.
[127] Yela Utrilla, *op. cit.*, p. 515.
[128] *Ibídem*, pp. 509-10.

John Jay

Acuerdos discordantes

A principios de julio de 1781, desde el Congreso Continental salió una carta para el general Washington. Ella recogía el relato de un tal Mr. Syms, recién llegado de Cuba donde había entablado

> «conversación con dos Capitanes británicos en La Habana quienes le informaron que las condiciones de los Artículos de Capitulación en la rendición de Pensacola decían; que la guarnición sería enviada a New York a cuenta de su Majestad Católica, y no debían servir contra España o sus aliados hasta ser canjeados. Un oficial español que escuchaba la conversación contradijo aquella aseveración, y entonces uno de los ingleses, propuso una apuesta de cincuenta pesos que esas eran las condiciones, la cual el español rechazó.»[129]

Poco después, la reacción del general George Washington al leer ese relato no distó mucho de la de aquel "oficial español" anónimo en La Habana: primero sintió sorpresa, luego incredulidad y finalmente dudas y temor a su autenticidad. Ese día respondió al Congreso:

---

[129] "To George Washington from Samuel Huntington, 2 July 1781," Founders Online, National Archives (http://founders.archives.gov/documents/ Washington/99-01-02-06265 [last update: 2014-12-01]). Source: this is an Early Access document from The Papers of George Washington. It is not an authoritative final version.

«...el artículo de la capitulación de Pensacola...me parece muy extraordinario, por no decir alarmante; pero como no parece llegarnos con la debida propiedad, tengo la esperanza de que no se compruebe su veracidad.»

Antes de despachar la carta, Washington añadió unas líneas explicando escuetamente que, según información que acababa de recibir, el ofensivo artículo había sido «completamente verificado»; las tropas ya estaban llegando a New York.[130] Los dirigentes de los colonos sabían perfectamente que ellos no estaban incluidos en la protección que aquel artículo ofrecía a los "aliados" de España (Francia y Holanda); esas tropas inglesas tomarían las armas contra ellos desde el primer momento, con la venia de los españoles.

Para colmo, la desagradable noticia había llegado en un mal momento. El general Washington había concentrado sus fuerzas con las del ejército francés por primera vez desde la llegada de Rochambeau y compartían un campamento en Dobb´s Ferry, a orillas del río Hudson y a poca distancia de la isla de Manhattan, en busca de un punto débil en las defensas inglesas que le permitiera atacar al ejército del general Clinton que ocupaba New York y que ahora recibía el oportuno refuerzo de más de mil hombres de Panzacola. En realidad, los mayores refuerzos, unos tres mil hombres, los recibió Clinton directamente desde Gran Bretaña pero eso no evitó las recriminaciones por los que vinieron de La Habana. El general Rochambeau, jefe del cuerpo de ejército francés que acompañaba a Washington, al escribir sus memorias de la guerra años después, aún recordaba con amargura la llegada de los refuerzos ingleses y entre ellos «la guarnición de Pensacola, enviada por los españoles.»[131]

---

[130] George Washington al Congreso Continental, 10 de julio de 1781, *The George Washington Papers at the Library of Congress [después GWP at LoC,, 1741-1799]*, http://memory.loc.gov/mss/mgw/mgw 4/079/0500/0546.jpg [consultado el 18 de febrero de 2015]. En carta a Rendón del 13 de julio, Washington pidió copia de la capitulación pero en su respuesta Rendón ignoró la solicitud.

[131] Rochambeau, "Memoirs...", p. 985.

Inevitablemente, la información —a veces distorsionada—, trascendió a las tropas franco-americanas provocando allí también reacciones predecibles. Así, al enterarse que los prisioneros ingleses tomados en Panzacola habían llegado a New York y que se les permitiría volver a pelear inmediatamente, «mientras no fuese contra españoles», un ofendido ayudante de Rochambeau lo calificó de «un disparate (casi una infamia) de nuestros queridos aliados».[132] Entre los americanos el desdén hacia el pabellón español se hizo sentir en los mares; los comerciantes españoles se quejaban de continuos atropellos de corsarios americanos contra su comercio trasatlántico en lo que veían características de piratería. Dos meses después del escándalo creado por el caso de los prisioneros de Panzacola, un nuevo incidente renovó las pasiones.

Un corsario americano había capturado una balandra que se dirigía a New York bajo bandera de tregua para negociar un intercambio de prisioneros bajo un permiso concedido por Bernardo Gálvez.[133] Francisco Rendón residía en Philadelphia y se identificaba como "encargado de negocios" de la corte española pero, como España no reconocía la independencia de la Trece Colonias, Rendón no gozaba de acceso directo a los funcionarios americanos y se tenía que comunicar con ellos a través del ministro francés Luzerne, y así lo hizo en esta ocasión. Explicando que Gálvez había autorizado el viaje bajo los artículos de capitulación de Panzacola, Rendón/Luzerne pedía al Congreso la liberación de los ingleses, devolución de la nave e indemnización por daños sufridos.[134] La respuesta no se hizo esperar: sin disimular su ironía, el Presidente del Congreso, Thomas McKean, se dio por enterado de la reclamación pero consideró

---

[132] Ludwig Von Closen, *The Revolutionary Journal of Baron Ludwig von Closen, 1780-1783*, The University of North Carolina Press, Chapel Hill, 1958, p. 103.
[133] Yela Utrilla, *op. cit*, pp. 441-453.
[134] Rendón/Luzerne a Thomas McKean, 24 de septiembre de 1781 (Jared Sparks, ed., *The Diplomatic Correspondence of the American Revolution, 12 Vol*, Nathan Hale and Gray & Bowen, Boston, 1829-1830, t. XI, pp. 17-8).

que Rendón debía enviarle una «copia auténtica de la capitulación que concediera el General de su Majestad Católica» a los ingleses en Panzacola.[135]

El disgusto creado por aquella decisión obligó al propio Bernardo Gálvez —probablemente por instrucciones de su tío—, a justificar por escrito las condiciones de la capitulación en carta al conde de Grasse —e indirectamente, por medio de Rendón/Luzerne, al general Washington. Gálvez explicó que había tenido que aceptar esas condiciones porque sus recursos escaseaban y los ingleses parecían dispuestos a «continuar defendiendo la Plaza a cualquier riesgo». Ese gesto conciliador relajó las tensiones en alguna medida y los americanos parecieron resignados a aceptar la actitud tibia y distante de la corte de Carlos III.[136]

Y entonces Cagigal tomó las Bahamas…

Faltaba sólo un día para cumplirse un año exacto de la rendición de Panzacola, cuando la guarnición inglesa que defendía la Isla de Providencia, en las Bahamas, alzó la bandera blanca ante una impresionante fuerza naval y de ejército ante la cual no creyeron prudente ofrecer resistencia. Con la aprobación de Bernardo Gálvez, el teniente general y gobernador interino, Juan Manuel Cagigal, había organizado la exitosa expedición utilizando todas las tropas y los barcos disponibles para garantizar la victoria. Pero la operación que produjo un triunfo tan satisfactorio ocasionó nuevos sinsabores para España y para su jefe militar.

Por desavenencias con la Marina Real, Cagigal negoció con los capitanes de «seis ú ocho Bergantines Americanos armados en Guerra» y con su Jefe, el comodoro Alexander Gillon, capi-

---

[135] McKean a Luzerne, 25 de septiembre de 1781, (Sparks, *op. cit.*, t. XI, p. 19).

[136] Gálvez a de Grasse, septiembre de 1871, *GWP at the LoC, 1741-1799*, http://memory.loc.gov/mss/mgw/mgw4/081/0200/0267.jpg;http://memory.loc.gov/mss/mgw/mgw4/081/0200/0267.jpg [dos páginas; consultado el 12 de febrero de 2015].

tán de la *South Carolina*, una fragata también armada en corso, que había llegado a La Habana para vender allí cinco presas recién capturadas.[137] Esta presencia americana en la expedición de Cagigal se ha ofrecido como evidencia del grado de compenetración que habían alcanzado aquellos beligerantes aunque las autoridades del estado de South Carolina, seis años después seguían reclamando el pago de 60,000 dólares, según decían, «prometido a Gillon» por Cagigal.[138] Desde luego, sin el reconocimiento a los Estados Unidos por España, tal colaboración estaba prohibida; hasta el propio Washington había advertido que no sería apropiado «proponer cualquier plan de operaciones conjuntas» con las fuerzas militares españolas.[139] El Ministerio de Indias no tardó en amonestar al general Cagigal por haber permitido la colaboración de barcos americanos en la acción bahamense.[140]

Este error de Cagigal le acarreó serias consecuencias pues debido a un incidente anterior ya se cuestionaba su buen juicio. Casi un año antes, en La Habana, antes de embarcar en busca de la flota francesa hacia el Guarico, el comisionado con poderes Saavedra había designado para una misión de inteligencia a Don

---

[137] Se dijo que recibió 91,500 pesos (D. E. Huger Smith, "Alexander Gillon and the Frigate South Carolina", *The South Carolina Historical and Genealogical Magazine*, Vol. 9, No. 4 (Oct., 1908), pp. 189-219); Aileen Moore Topping, "Alexander Gillon in Havana, ′This Very Friendly Port′", *South Carolina Historical Magazine*, v. 83, no. 1, January 1982, pp. 34-49; informe de Cagigal a Bernardo Gálvez, de 20 de mayo de 1782 (*Colombeia,* Viajes t. IV, ff. 1-3, p. 1, en http://www.franciscodemiranda. org/colombeia.)

[138] "Informe de los Delegados de Carolina del Sur a Thomas Pinckney, 20 de febrero de 1788", Paul H. Smith., editor, *Letters of Delegates to Congress, 1774-1789*, t. 24, pp. 655-6.

[139] Washington a Rendón de 12 de octubre de 1781, *op. cit.*

[140] Cagigal culpaba a Solano de haber denunciado el hecho al Ministro de Marina, el marqués González de Castejón, quien a su vez se quejó al ministro Gálvez (informe sin fecha de Cagigal a Bernardo Gálvez, *Colombeia, Viajes,* t. IV, ff.); Aileen Moore Topping, (Saavedra, *Journal...*, p. 275n); Informe "South Carolina Delegates to Thomas Pinckney" 20 de febrero de 1788, Paul H. Smith, editor, *Letters of Delegates to Congress, Volume 24*, Library of Congress, Washington, 1996, pp. 654-5.

Pedro Ruiz, un comerciante español que ya había servido en empresas similares. Con miras a un futuro ataque a Jamaica, Ruiz debía ir allí para recoger información sobre las defensas y número de tropas. Nombrado por Cagigal, Francisco de Miranda fue a Jamaica para «establecer parlamentarios» acerca de un canje de prisioneros, y para sorpresa de Saavedra, a su regreso a La Habana se enteró que Miranda —por decisión de Cagigal—, también había reemplazado a Ruiz en la misión de espionaje.

Miranda regresó con un cargamento de mercancías valorado en «más de 90,000 pesos» que introdujo por Batabanó; el Intendente Urriza confiscó el contrabando. Cagigal salió en defensa de su edecán pero cuando quiso extraer las mercaderías de la Aduana, Urriza reportó la conducta del gobernador a la Península. El comercio ilegal estaba bastante generalizado en la Isla pero Urriza aspiraba a erradicarlo y el asunto se complicó porque tanto el Intendente como el Gobernador eran muy celosos de sus atribuciones. Bajo orden de arresto, Miranda desertó abandonando los dominios de España para recorrer el mundo en pos de nuevas aventuras; Cagigal fue llamado a España en desgracia y aunque, dieciocho años después, ambos serían declarados «libres de cargos», la evidencia los inculpaba a los dos.[141]

Otro aspecto de la toma de Providencia vino a agravar los ya tensos tratos con los americanos. El Secretario de relaciones exteriores de los trece Estados Unidos, escribió a su ministro plenipotenciario ante la Corte de Madrid, John Jay, acerca de la publicación en New York de lo que decían ser el texto de las actas de capitulación de Providencia y que parecía «una co-

---

[141] Un investigador afirmó que el cargamento también traía esclavos pero no precisó su fuente para ese detalle (Salvador de Madariaga, *Cuadro histórico de Indias. Introducción a Bolívar*, Editorial Sudamericana, Buenos Aires, 1950 [1ª ed. 1945, p. 852]); otro cita a Cagigal atribuyendo a Miranda el "rescate" de muchos negros (Leví Marrero, *Cuba:economía y sociedad, Vol. 12. Azúcar, ilustración y conciencia (1763-1868)*, Editorial Playor, S. A., Madrid, 1985, pp. 46-55); Saavedra, *Misión...*, pp. 153-4, 299-300, 299n; *Colombeia*, Negociaciones, t. I, f. 101, p. 2; Francisco Martínez Hoyos, *Francisco de Miranda. El eterno revolucionario, Editorial Arpegio*, Sant Cugat, 2012, pp. 28-34.

pia de la de Pensacola» por lo que se esperaba que aquellos prisioneros ingleses serían también «enviados a reforzar las guarniciones de New York y Charleston.»[142] Para el Secretario Robert Livingston ya llovía sobre mojado y su frustración se puede apreciar en este comentario:

> «Somos gente sencilla; las cortes se ufanan de refinamientos que nos son ajenos. Cuando un soberano nos llama amigos, somos tan tontos que esperamos recibir pruebas incquívocas de su amistad.»[143]

Los temores de Livingston parecieron confirmarse con una denuncia originada en Charleston y, dos semanas después, el Secretario envió a Jay una resolución del Congreso que le ordenaba renovar sus quejas ante el Rey de España ya que sus jefes militares seguían «permitiendo que prisioneros británicos que capturaban» pudieran ir a pelear contra el ejército americano. Jay debía asegurar al Rey que su gobierno creía que la responsabilidad descansaba en el descuido de algún militar y que sus ministros no dejarían que se repitieran actos que ejercían una «influencia tan perniciosa» en los sentimientos de ese gobierno y su pueblo hacia España.[144]

En respuesta a aquella queja oficial, el ministro conde de Floridablanca se mostró muy obsequioso y expresó la preocupación del Rey acerca de que «por un descuido del general empleado» en esa ocasión se afectara la armonía que él deseaba cultivar con el Congreso. El conde dijo al sucesor de Jay, William Carmichael, que en cuanto recibió copia de las actas de capitulación de Panzacola, había oficiado a Bernardo Gálvez

---

[142] De Livingston a Jay, 23 de junio de 1782 (Francis Wharton, editor, *The Revolutionary Correspondence of the United States*, 6 v., Government Printing Office, Washington, 1889, t. IV, pp. 664-65)., t. V, p. 503).
[143] *Ibídem*.
[144] Gaillard Hunt, editor, *Journals of the Continental Congress, 1774-1789*, , Volume XXII, 1782, January 1 – August 9, Government Printing Office, Washington, 1914, p. 373; de Livingston a Jay, 6 de julio de 1782 (Wharton, *op. cit.*, t. V, pp. 599-600).

para que en el futuro, los prisioneros fuesen remitidos a Europa, pero que esas instrucciones no lo alcanzaron a tiempo para impartirlas a la expedición a las Bahamas.[145]

Esta explicación de Floridablanca resulta sorprendente por dos razones. En primer lugar, entre la rendición de Panzacola y la de Providencia medió un año entero, y —a pesar de las dificultades en las comunicaciones que ya se han comentado—, no se conoce de otro viaje de ida y vuelta que haya tomado tanto tiempo como el que llevó a la corte la información de la capitulación de Panzacola y trajo de regreso la instrucciones de Floridablanca a Gálvez.

En segundo lugar, en los «Artículos de capitulación estipulados en Nassau de Nueva Providencia» se comprometía a los ingleses a no «servir contra ninguna Potencia de las que se hallan en Guerra contra la Gran Bretaña»; además, los puertos de las Trece Colonias quedaron excluidos como destino de los prisioneros que sólo podrían ir a Gran Bretaña o a otra isla británica en las Antillas que no fuese Jamaica. De modo que las condiciones criticables de las actas de Panzacola estaban ausentes en las de Providencia aunque —inexplicablemente—, la corte española lo ignoraba y se excusaba responsabilizando injustamente al general Juan Manuel Cagigal de un «descuido» que no fue tal.[146]

Pero ya era tarde. Irónicamente, este incidente, en que España no tuvo culpabilidad, puede haber representado para los gobernantes americanos la proverbial gota que desbordó la copa. El daño a las relaciones entre los dos países solamente lo restañaría el transcurso del tiempo; pero tomaría mucho tiempo.

---

[145] De Carmichael a Livingston, 8 de septiembre de 1782, Sparks, *op. cit.*, t. IX, pp. 132-5.
[146] Copia manuscrita de la capitulación en *Colombeia*, Viajes, t. IV, ff. 6-9; en forma impresa en Antonio José Valdés, *Historia de la Isla de Cuba y en especial de La Habana,* (Tomo III de *Los tres primeros historiadores de la Isla de Cuba*, Imprenta y Librería de Andrés Pego, La Habana, 1877), pp. 379-85.

El resentimiento de los americanos era un secreto a voces. Mientras el conde de Aranda reportaba a Madrid detalles sobre lo «enagenados» que estaban de la corte española los Diputados americanos residentes en París, el agente de España en Philadelphia informaba al ministro de Indias que tampoco allá se miraban a los españoles con buenos ojos por el rechazo a su independencia.[147]

En cumplimiento del Pacto de Familia, Carlos III había aportado un millón de libras tornesas (unos 185,000 pesos) para igualar el aporte inicial de Luis XVI pero después se buscaron motivos para eludir tales obligaciones. Una vez desatadas las hostilidades España naturalmente trató de sacar el mayor provecho al menor costo posible. Inevitablemente, por el solo hecho de sumarse como enemigo de los ingleses, beneficiaría indirectamente a las Trece Colonias se aunque este efecto fuese incidental e indeseado.

Debe recordarse que a pesar de la malquerencia entre Madrid y Londres, la corte española había evitado ayudar directamente a los rebeldes a alcanzar la independencia, y sólo confiando en lo incierto que parecía «el éxito de las Colonias», se implementó la estrategia del ministro de Indias, José Gálvez, de entablar una «inteligencia indirecta y oculta con los Colonos americanos, animándolos a su vigorosa resistencia» con dos objetivos expresos: el primero, como «medio de debilitar a Inglaterra»; el segundo, en aceptación del ofrecimiento de los rebeldes de tomar Panzacola y entregársela a España.[148] A esos fines se ofrecieron algunos "auxilios" en forma de intercambio de productos y pequeños préstamos. Para no provocar a Inglaterra, si los colonos lograban capturar Panzacola, España diría que la aceptaba en calidad de depósito.[149]

---

[147] Diario del conde de Aranda (en Yela Utrilla, *op. cit.*, p. 915); despacho de Rendón a José Gálvez de 12 de abril de 1783, Mo. 75, Archivo de Indias, Indiferente general 146-3-11(según Yela Utrilla, *Ibídem*, p. 519).

[148] Yela Utrilla, *op. cit.*, pp. 118, 120, 148-9.

[149] Entre 1776 y 1778, a la Luisiana llegaron 100 quintales de pólvora, 300 fusiles con bayonetas, alguna quinina y telas para uniformes. Resulta difícil

Una actitud similar expresó también por esa época el nuevo ministro de Estado, el conde de Floridablanca, quien opinaba que, si las Trece Colonias alcanzaran la independencia, Francia y España debían interponerse para adquirir un papel de protectores o garantes y asegurar que:

> «..el poder de los americanos, y su república quedase en tal división, e independencia de una provincia con otra, y sus intereses tan encontrados, que prudentemente no se recelase con el tiempo el establecimiento de una potencia formidable en las cercanías de nuestra América...»[150]

Hace ya casi un siglo un autor español quien dedicara muchos años y tinta a una crónica documentada de la historia de *España ante la Independencia de los Estados Unidos*, arribó a estas amargas conclusiones acerca de su conducta hacia las Trece Colonias:

> «...se vislumbraban dos medios, por lo menos: uno, reconocer inmediatamente la independencia de los EE. UU., continuar ayudándolos por medio de socorros pecuniarios y aun con tropas, y vencer y subyugar de este modo a los Diputados del Congreso y aun a Norteamérica entera con las armas del desinterés y del altruismo, ligando para siempre a las Colonias con España por los lazos de gratitud imperecedora [sic]; el otro medio, demorar el reconocimiento de la independencia colonial hasta haber arreglado todas nuestras cuestiones presentes y futuras con los EE. UU.; hacer depender la concesión del menor auxilio a las Colonias de concesiones recíprocas por parte de las mismas; regatear hasta lo último todo lo que supusiese el menor favor, bien de índole material, bien de índole moral, a los EE. UU., con el fin de obtener compensación en todo. De estos dos medios el primero nos habría conducido al logro de *todas nuestras pretensiones* por el camino del amor, y hubiese dejado en los EE. UU. pendiente una

---

determinar cuánto de esto llegó a manos de los colonos (Yela Utrilla, *op. cit.*, pp. 149-52).
[150] Memoria de Floridablanca de marzo de 1777 (*Ibídem*, p. 222).

deuda inmensa de eterno agradecimiento; el segundo, que fué el elegido por nuestro Rey y su Ministro de Estado, no nos condujo al logro de nuestros intereses y despojó nuestra ayuda por el logro de la independencia colonial de una aureola de desinterés y heroísmo, igual a la que los historiadores franceses ofrendan de consumo a su patria por su intervención en el establecimiento de los EE. UU.»[151]

En efecto, un futuro presidente opinó que debido a su conducta, España no debía esperar favores de los Estados Unidos pues: «El aliado de nuestro aliado no tiene derecho, como tal, a nuestra amistad.»[152]

---

[151] Yela Utrilla, *op. cit.*, p. 464.
[152] Carta de Hamilton a Washington, septiembre 15, 1790 (*The works of Alexander Hamilton : comprising his correspondence, and his political and official writings, exclusive of the Federalist, civil and military / Published from the original manuscripts deposited in the Department of State, by order of the Joint Library Committee of Congress ; edited by John C. Hamilton.* 7 v., J.F. Trow, printer, New York, 1850-51, t. IV, p. 56.

Matías de Gálvez y Gallardo

Pedro Pablo Abarca de Bolea,
conde de Aranda

Carlos III, Rey de España

El mito como arma

Con el éxodo hacia los Estados Unidos desde 1959, aumentó la tendencia en los escritores cubanos a enfatizar la asistencia proveniente de la Isla de Cuba a las Trece Colonias casi siempre exaltando con orgullo la conducta de sus ancestros, y con algo de reclamo por la desatención al hecho. La mayoría de los cubanos —y algunos norteamericanos— que abordaron el tema reincidían en la versión extrema de Bonsal acerca de que las damas suplieron todo el caudal necesario con sus diamantes; el resto, con mayor o menor entusiasmo, aceptaba la posibilidad de cierta participación de las damas otorgándole validez al texto espurio del folleto anónimo.

La necesaria defenestración del mito de "las damas de La Habana" y su bello simbolismo no dejará de ser lamentada por muchos, pero puede hallarse consuelo en que la realidad histórica que reemplaza la leyenda resulta también enaltecedora para los habaneros. Es cierto que lo que tuvo lugar el 16 de agosto de 1781 en La Habana no fue una colecta en que (bajo el embrujo o no del seductor Miranda) las damas se despojaron desinteresadamente de sus alhajas para que Washington y sus tropas zurraran a los ingleses. Pero también es verdad que las autoridades y la gente pudiente de la ciudad lograron reunir más de medio millón de pesos en pocas horas para cubrir una necesidad de guerra en cumplimiento de una Orden Real. Naturalmente, tal fortuna no fue entregada como un regalo; con pocas excepciones, los particulares hicieron el préstamo al gobierno a condición de que su dinero, más el 2% de premio, fuese devuelto tan pronto llegara el "situado" de Vera Cruz, y en efecto, la plata llegó y el gobierno saldó las cuentas en pocas semanas.

También es cierto que todos conocían lo bien cotizados que esos servicios eran por el Rey y que su agradecimiento se podría traducir en favores reales y trato preferencial de las autoridades. Así vemos que en las solicitudes de los títulos concedidos al marqués de Prado Ameno y a los condes de Santa María de Loreto y de Casa Barreto, «entre otros supuestos méritos» les recordaban al soberano los préstamos que habían hecho «a la real hacienda durante la última guerra».[153] No siempre tales servicios garantizaban el favor Real; por ejemplo, el prestamista Antonio Abad Valdés Navarrete pidió un título de nobleza que le fue denegado, pero la importancia de los préstamos era innegable. José Manuel López Ganuza, un comerciante español que había prestado un total de 900,000 pesos a las cajas de La Habana, consiguió el asiento de estopas para el astillero de La Habana, luego obtuvo el cargo de Síndico Procurador General y hasta fue nombrado caballero de la Orden de Carlos III.[154]

El propio Carlos III advertía a los gobernadores sobre la importancia que debían otorgar a aquellos que habían servido a la Corona con sus caudales «en varias ocasiones en que han estado exhaustas mis Arcas Reales» lo que los hacía «recomendables de la mayor atención.»[155]

---

[153] Juan Bosco Amores Carredano, *Cuba en la época de Ezpeleta (1785-1790)*, Ediciones Universidad de Navarra, S.A., Pamplona, 2000, p. 59. Los préstamos de estos nobles no guardan ninguna relación con la recogida que nos ocupa; otra prueba que demuestra que el mismo procedimiento se utilizó en más de una ocasión.

[154] Le Riverend, *Historia...*, pp. 134-5; José Manuel Serrano Álvarez, "El poder y la gloria: élites y asientos militares en el astillero de La Habana durante el siglo XVIII", *Studia Histórica: Historia Moderna*, Universidad de Salamanca, 2013, Vol. 35, pp. 99-125.

[155] Instrucción reservada de gobierno entregada al gobernador Diego José Navarro en 1777 y luego, actualizada con un anexo, al gobernador José de Ezpeleta en 1786. Archivo General de Indias, Audiencia de Santo Domingo 1218 (citado por el profesor Juan B. Amores Carredano en su "Juan Ignacio de Urriza y la Intendencia de La Habana (1776-1787)", *Euskal Herría y el Nuevo Mundo. La contribución de los vascos a la formación de las Américas*, edito-

Pero el gesto de los habaneros no se desluce por la calidad de préstamo al 2% de la contribución, ni por el corto plazo de la deuda ni por las recompensas no monetarias que recibirían; téngase presente que los franceses del Cabo habían rehusado prestar su dinero contra un pago a corto plazo en Paris con 25% de premio.[156] No en balde los marinos franceses quedaron tan favorablemente impresionados por la reacción de los vecinos de La Habana.

---

res Ronald Escobedo Mansilla, Ana de Zaballa Beascoechea, Óscar Álvarez Gila, Servicio Editorial, Universidad del País Vasco, Vitoria, 1996, p. 233.
[156] El defensor anónimo del Conde afirmó —y muchos historiadores han repetido— que de Grasse y uno de sus capitanes también habían ofrecido sus valiosas propiedades en garantía a los comerciantes del Cabo sin que esto sirviera para motivarlos ([Anónimo], "Journal..., p. 150). Sin embargo, entre los esfuerzos recaudatorios del Conde, Francisco de Saavedra detalló los anuncios que mandó poner en las calles, las reuniones con los comerciantes, la alta tasa de interés y su deseo que España garantizara las notas, pero no menciona tales gestos patrióticos de ofrecimientos de colateral inmobiliario.

Escudo de la Villa de San Antonio Abad

La dama de la lista

Para evitar una posible mutación del mito no resultará ocioso comentar sobre la mujer que aparece en la relación de prestamistas que confeccionara el tesorero Ignacio Peñalver, o sea, «Doña Bárbara Santa Cruz» que prestó diez mil pesos sin exigir pago de intereses.[157] Tal generosidad no podría escapar a la atención de las autoridades y aunque no estuviese exclusivamente motivado por el patriotismo, el gesto de la dama puede haber tenido otros muy legítimos propósitos.

La criolla doña Bárbara Beltrán de Santa Cruz y Aranda, era hermana del primer conde de Jaruco y ostentaba el título de marquesa de Cárdenas de Montehermoso por su matrimonio en 1746 con el rico hacendado don Agustín de Cárdenas y Castellón, el primer titular de ese marquesado.[158] En 1764 Carlos III accedió a la solicitud presentada por don Agustín y le concedió el título por, entre otros méritos, su valiente y fiel conducta durante la ocupación inglesa.[159] Antes de su muerte en 1771, y siendo su primogénito menor de edad, el Marqués «dio poder para testar a

---

[157] James A. Lewis, *op. cit.*, p. 96. (Ver Anexo I).
[158] Su nombre completo era Agustín Isidro Nicolás de Cárdenas-Vélez de Guevara y Castellón, Sotolongo y Calvo de la Puerta (Rafael Nieto y Cortadellas, *Dignidades nobiliarias en Cuba*, Ediciones Cultura Hispánica, Madrid, 1954, p. 98).
[159] Pezuela, *Historia...*, t. 2, pp. 559-65; Diego González, *Historia de San Antonio Abad o de los Baños*, Imprenta, Librería y Papelería "La Propagandista", La Habana, 1930, pp. 16-7.

su consorte», y es así como doña Bárbara llegó a administrar aquella fortuna.[160]

Con la posible excepción del contrabando, el quehacer económico de la Isla dependía del beneplácito de la Corona. Así vemos en un documento de 1778 a doña Bárbara, junto a otros prominentes habaneros, solicitando la «tan privilegiada gracia» real para participar en la trata de negros.[161] Otra petición de 1785 revela que la Casa de Cárdenas poseía «haciendas cuantiosas de campo», si bien el intendente Urriza opinaba entonces que no tenía suficiente liquidez «para comprar mil negros bozales» que decía necesitar para sus ingenios.[162] Aunque no conocemos los efectos de esas gestiones, sí se sabe de otra que produjo muy buenos resultados.

Según testimonio de su hijo, Gabriel María, desde 1779 él y la Marquesa Viuda se habían propuesto formar un nuevo pueblo en terrenos de su propiedad pero pertenecientes a la jurisdicción de Santiago de las Vegas cuyo cabildo se oponía al proyecto.[163] En 1784 la marquesa de Cárdenas promovió oficialmente la correspondiente petición y eventualmente obtuvo «una Real Cédula autorizando la fundación de San Antonio Abad o de los Baños» y otorgando a su hijo Gabriel María, el segundo marqués de Cárdenas, el señorío sobre el nuevo pueblo y el «privilegio de Justicia Mayor de la nueva villa y su jurisdicción territorial, con facultad

---

[160] Endika, Irantzu y Garikoitz Mogrobejo, *Diccionario hispanoamericano de heráldica, onomástica y genealogía*, Bilbao, v. XXXIII (XVIII), pp.114-16.
[161] Emilio Roig de Leuchsenring, "La trata negrera en Cuba: de cómo y por quiénes se realizaba en el siglo XVIII", revista *Carteles*, octubre 21 de 1934, pp. 22, 51.
[162] Urriza a Joseph Gálvez de 2 de agosto de 1785 (AGI, Santo Domingo, 1665), según citado en Juan B. Amores Carredano, "Las élites cubanas y la estrategia imperial borbónica en la segunda mitad del siglo XVIII", en Luis Navarro García (Coord.) *Élites urbanas en Hispanoamérica*, Universidad de Sevilla, Sevilla, 2005, p. 192.
[163] Julián Vivanco, *Crónicas históricas de San Antonio Abad de los Baños*, tt. X-XI, Editorial "El Sol", La Habana, 1958, p. 302; Francisco Fina García, *Historia de Santiago de las Vegas*, Editorial Antena, Santiago de las Vegas, 1954, pp. 34-36.

exclusiva de nombrar» alcalde, regidores y cobrar rentas.[164] Con el respaldo oficial se pudo vencer la oposición de Santiago de las Vegas y así, en una colonia «en que el bienestar dependía del favor real»,[165] Doña Bárbara logró asegurar el futuro del marquesado de Cárdenas de Montehermoso por varias generaciones.

---

[164] Francisco Calcagno, *Diccionario Biográfico Cubano, Edición Facsimilar*, Editorial Cubana, Miami, 1996 [1ª ed. Imprenta y Librería de N. Ponce de León, New York, 1878], p. 156; Vivanco, *op. cit.*, T. IV, pp. 102-103.
[165] Herminio Portell Vilá, *Historia de Cuba en sus relaciones con los Estados Unidos y España*, Mnemosyne Publishing Inc., Miami, 1969 [1ª ed. Jesús Montero, Editor, La Habana, 1938], T. I, p. 69.

George Washington

La plata habanera y Washington

Sobre la mucha o poca importancia que puede haber tenido la plata habanera en el desenlace de la batalla de Yorktown se ha especulado mucho en ambas direcciones aunque las opiniones siempre giran alrededor de la reconocida necesidad de pagar a las tropas, tanto francesas como americanas. Generalmente, se observa cómo historiadores cubanos, aceptando con entusiasmo la opinión expresada por Stephen Bonsal, consideran la llegada del dinero habanero como decisiva para la victoria de Yorktown. Por otro lado, los historiadores americanos habían prestado poca atención a la plata española considerando —razonablemente— que la ayuda más importante fue la prestada por la flota francesa; pero más recientemente se nota una propensión a reconocer con más liberalidad los aportes hispánicos y el caso de la colecta en La Habana se ha visto favorecido por esta corriente.

El estado financiero de las Trece Colonias siempre fue precario pues el Congreso no tenía poderes para cobrar impuestos y dependía de la benevolencia de los gobiernos estatales —cuyas contribuciones eran mayormente en forma de productos como harina, carne, tabaco— y de la bondad de Luis XVI; lo que más escaseaba era la moneda dura de oro o plata. Pero el estado de las tesorerías americanas y francesas en vísperas del sitio de Yorktown aparece frecuentemente distorsionado por la repetición de anécdotas que sólo ofrecen una visión parcial de la situación. En las más conocidas se describe el descontento del ejército colonial por la falta de paga para demostrar la necesidad que sólo se pudo solventar con la ayuda «vital» de la plata habanera;[166] sin embargo, esta conclusión es difícil de justificar con los datos disponibles. Es verdad que, cuando aún faltaban unas tres semanas para llegar a su objetivo, dos unidades del ejército continental bajo el mando del general Benjamin Lincoln amenazaron con detener su marcha si no se les abonaba parte de sus sueldos en metálico y que el general Washington ordenó a su Superintendente de Finanzas, Robert Morris, que consiguiera el dinero para calmar los ánimos.[167]

El 5 de septiembre Morris fue a pedir 20,000 dólares a Rochambeau para poder aplacar a la tropa y así evitar un posible amotinamiento;[168] el general francés defirió la decisión al guardián de su tesoro, el intendente Tarlé. Con su característica tenacidad, Morris salió a caballo en busca del administrador francés y en el camino recibió pliegos de Washington confirmando la llegada del almirante de Grasse con la flota, las tropas y la plata habanera. Morris sabía que ante esta noticia ya no era necesario encontrar al intendente y galopó al reencuentro de Rochambeau quien entonces, desprovisto de excusas, aprobó el préstamo.[169] Al día siguiente, Morris supo que para vencer la resistencia de aquellas tropas también tendría que pagar a los civiles que acompañaban a los soldados —artesanos, carreteros y hasta al propio pagador. Rochambeau le prestó otros 6,600 dólares y poco después Morris tuvo que añadir otros 6,200 dólares de otras fuentes para poner fin a la crisis.[170]

---

[166] Barbara A. Mitchell, "Bankrolling the Battle of Yorktown", *MHQ. The Quarterly Journal of Military History*, Spring 2007, Vol. 19. No. 3, pp. 16-25.
[167] Carta de Washington a Morris de 27 de agosto de 1781 (Wharton, *op. cit.*, t. IV, pp. 664-65).
[168] Un edecán de Rochambeau, Ludwig Von Closen, reporta erróneamente que la cantidad fue sólo 50,000 libras —menos de 10,000 pesos. Las unidades que exigían el pago eran las de New Jersey y Pennsylvania «que ya se habían amotinado en enero» (Closen, *op. cit.*, p. 124, 124n).
[169] Charles Rappleye, *Robert Morris. Financier of the American Revolution*, Simon & Schuster, New York, 2010, pp. 261-62.
[170] Ha reinado cierta confusión acerca de la cantidad del préstamo: por un lado, Rochambeau anotó en sus memorias que «cien mil libras, que quedaban en las

Si bien la llegada de la plata habanera eliminó cualquier objeción que se pudiera haber antepuesto al préstamo, resulta difícil creer que —aun sin la llegada de la flota— Rochambeau se hubiera negado a prestar el dinero que necesitaba Washington. La decisión se hacía más fácil entonces que en cualquier otro momento porque, desde el 2 de septiembre, Morris y Rochambeau sabían que una semana antes había llegado a Boston la fragata francesa *Résolue* con dos millones quinientas mil libras tornesas —462,597 dólares— que eran parte del último socorro que Luis XVI facilitara a los americanos y que solo restaba transportar a Philadelphia; por eso estipularon que la plata prestada sería repuesta el 1º de octubre. En la tarde del día 8, el pagador del ejército colonial recibió de los franceses la plata en barriles y los rompió a golpes delante de las tropas derramando las monedas en el suelo para impresionar y calmar a los soldados revoltosos; la teatralidad del gesto produjo el efecto deseado.[171]

El vínculo de ese empréstito con la remesa que había traído Laurens en la *Résolue* quedó más inequívocamente establecido pocos días después. Como el superintendente Morris había regresado a Philadelphia, apeló allí al ministro francés y el 20 de

---

arcas del cuerpo francés, se dividieron entre los dos ejércitos.» Su relato se publicó originalmente en París en 1808; en 1838 se publicó allí otra edición en inglés, reproducida luego en los Estados Unidos ("What France Did for America: Memoirs of Rochambeau", *The North American Review*, Vol. 205, Nos. 738-739, Vol. 206, No. 240, May-July, 1917, University of Northern Iowa, No. 739, p. 987); el general Benjamin Lincoln informó que su pagador había «recibido del conde Rochambeau veintiséis mil seiscientos dólares» (carta de Lincoln a Morris, 8 de septiembre de 1781, James Ferguson, ed., *The Papers of Robert Morris, 1781-1784,* University of Pittsburgh Press, Pittsburgh, 1975, t. II, pp. 175n, 220); Morris, por su parte, presentó ante el Congreso el 18 de octubre un estado de cuentas que incluía una deuda al tesoro militar francés de 26,000 dólares (Sparks, *op. cit.*, t. XI, p. 493); pero un mes después, cuando Morris devuelve la plata, remite ochenta mil libras a Rochambeau y le explica que Luzerne le pidió que dejara en Philadelphia « la suma restante de sesenta y cuatro mil libras» (Sparks, *op. cit.*, t. XII, p. 15) es decir, un total de 144,000 libras que equivale a los 26,600 dólares que Rochambeau había entregado, según dijera el general Lincoln.

[171] Rappleye, *op. cit.*, p. 262.

septiembre, el *Chevalier* de La Luzerne accedió a una extensión del plazo original de su deuda hasta que llegara la plata desde Boston.[172] La plata llegó finalmente a manos de Morris el 6 de noviembre y entonces pagó a los franceses.[173]

Ese préstamo fue la solución a un problema logístico, no una evidencia de la pobreza de los colonos quienes, al contrario, nunca habían tenido tanto dinero ni gozado de tan buen crédito. Después de ese incidente no se conoce de ninguna otra emergencia fiscal por parte del ejército Continental hasta mediados de octubre cuando Washington premió a sus oficiales permitiéndoles escoger la mercancía de su antojo en la plaza rendida por el general Cornwallis y giró la cuenta por el importe al *financier* Robert Morris. Convenientemente, como parte del «botín de Yorktown», las arcas rebeldes recibieron otros 71,439 dólares del tesoro inglés.[174]

---

[172] William Graham Sumner, *Robert Morris: The Financier and the Finances of the American Revolution*, [edición facsimilar], Cosimo, Inc. New York, 2005 [1ª ed. 1891] t. I, pp. 307-8.
[173] Carta de 6 de noviembre de 1781 de Morris a Tench Francis, Ferguson, *op. cit.*, t. III, pp. 155-6.
[174] Rappleye, *op. cit*, p. 277; Sumner, *op. cit.*, t. II, pp. 16, 28.

Robert Morris
Superintendente de Finanzas de EE. UU.

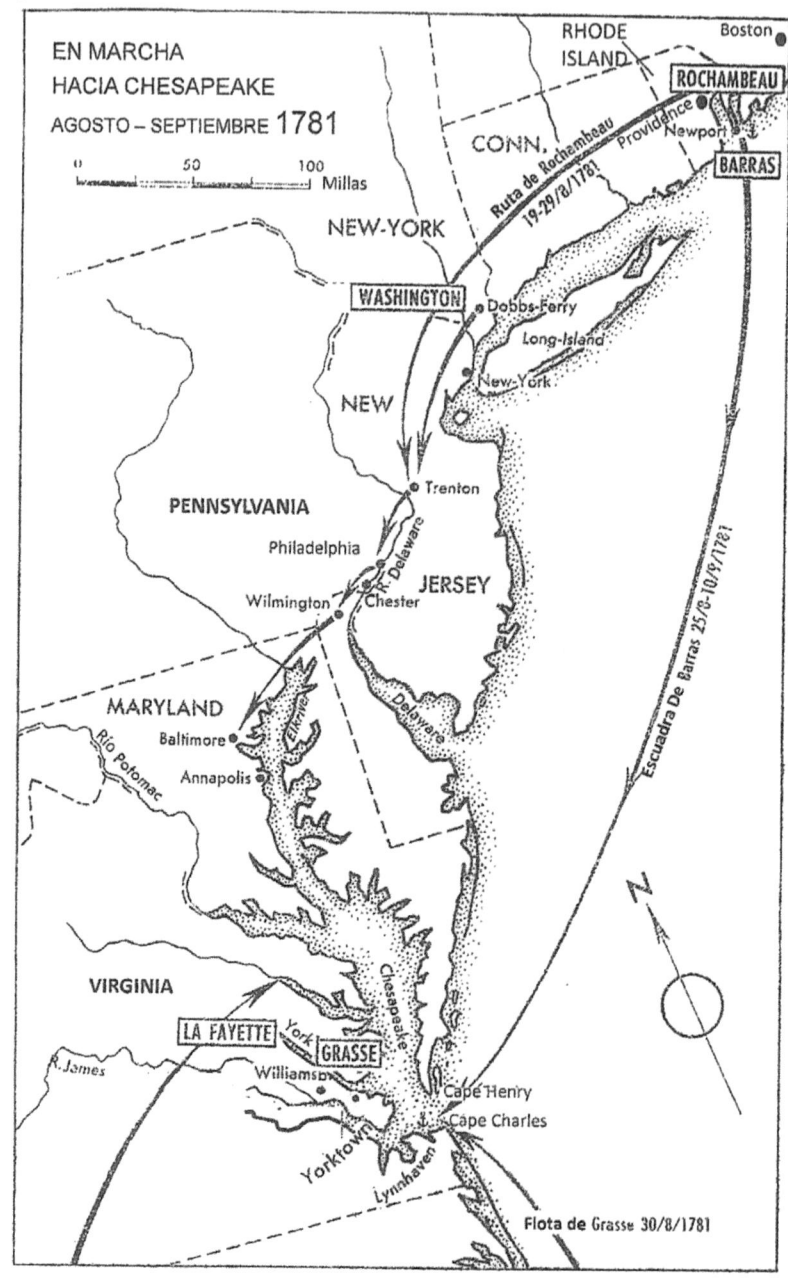

(*Adaptado de Jean-Jacques Antier*)

El destino de la plata habanera

Resulta también conveniente establecer que del medio millón de pesos que se recogió en La Habana menos de la mitad fueron entregados al general Rochambeau en Yorktown. Aunque esta aseveración resulte novedosa en verdad no debía serlo porque la evidencia documental es diáfana y de fácil acceso. Sin enumerar las distintas cantidades y tipos de moneda que se han reportado, baste decir que tanta variedad informativa en este caso, en lugar de esclarecer los hechos, ha contribuido a oscurecerlos.

Como se ha visto, la cifra mencionada en la correspondencia cruzada entre Rochambeau y de Grasse es un millón doscientas mil libras. Esta es la cantidad que el general francés había pedido, y la misma que luego confirmó haber recibido[175] y la misma cantidad que cita en sus memorias.[176] En su respuesta del 28 de julio, de Grasse acusa recibo de la solicitud y confirma su intención de conseguir la suma de 1,200,000 libras en La Habana.[177] Cuando el 30 de agosto la flota llegó a la entrada de la bahía de Chesapeake, de Grase le comunica a Rochambeau que, además

---

[175] Carta de Rochambeau a los embajadores Aranda y Montmorin de 24 de octubre de 1781 agradeciendo a Carlos III, al gobernador de Santo Domingo —cuando debía decir Saint Domingue— por permitir el uso de las tropas de Saint Simon, a los vecinos de La Habana por la expedita subscripción y al «Sr. Solano» —cuando debía decir Saavedra— por su gestión (Doniol, *op. cit.*, t. V, p. 580).
[176] Rochambeau, "What France…, No. 739, p. 987.
[177] Doniol, *op. cit.*, t. V, pp. 520-2.

de 3,200 hombres, le ha traído también las 1,200,000 libras. Siempre las mismas 1,200,000 libras tornesas.

Las cotizaciones monetarias oscilaban entonces entre 5.27 y 6 libras tornesas por un peso (o pesos plata, o piezas de ocho, o dólares, o *piastres* porque todo era lo mismo). Ajustándonos a la tasa de conversión que utilizara por esa época el intendente americano —de 5.4 libras por un peso—, la cantidad que pidió y recibió Rochambeau equivalía a unos doscientos veintidós mil pesos.[178] No obstante, Saavedra reportó a España que «el conde de Grasse pedía quinientos mil pesos» o sea, el equivalente de 2,700,000 libras tornesas.[179] Pero esto no debe causar suspicacia. Ya se ha visto cómo, durante su estancia en Cabo Francés, de Grasse había tratado de conseguir dinero no sólo para llevarle a Rochambeau sino también para los gastos de su flota y es que mientras Rochambeau tenía que alimentar y vestir a unos 6,000 soldados, de Grasse era responsable de la manutención de más de 23,000 hombres entre tripulación y tropas anfibias.[180]

La presencia de una parte de la plata en manos de la intendencia francesa la evidencia un simpático incidente que describió en su diario el ayudante del intendente Tarlé.[181] Claude Blanchard contó que sus superiores le entregaron «800,000 libras en *piastres*, que M. de Grasse» les había traído y aquel tesoro pesaba tanto que una noche el piso de madera se rompió con gran es-

---

[178] Tomás Antonio de Marien y Arróspide, *Tratado general de monedas, pesas, medidas y cambios de todas las naciones reducidas á las que se usan en España*, Imprenta de D. Benito Cano, Madrid, 1789, Tab. I, p. 4) y Dull, *The French Navy and American...*, p. 245, respectivamente; la tasa de 5.4 está en Sumner, *op. cit.*, t. II, p. 28.
[179] Carta de Saavedra a J. Gálvez de 18 de agosto de 1781, CDHFCH.
[180] Robert Selig, *March to Victory. Washington, Rochambeau, and the Yorktown Campaign of 1781*, U.S Army Center of Military History, Washington, D.C., 2007, p. 43. Selig sitúa en 18,000 las tripulaciones de la flota y en 5,300 los "marines" que acompañaban a de Grasse; esto no incluye los 3,300 hombres que trajo del Cabo Francés bajo el mando del marqués de Saint Simon.
[181] Probablemente el resto de la plata se haya distribuido entre las distintas unidades de tierra francesas que habían tomado posiciones en todo el rededor de Yorktown.

truendo y todo fue a parar al sótano, hasta un joven empleado suyo que afortunadamente resultó ileso.[182]

Resulta difícil aplicar la contabilidad forense cuando median más de dos siglos de los hechos pero la evidencia documental desvincula a los colonos americanos de aquella plata habanera: a) la plata que los franceses recogían en La Habana era para su uso y Francia la devolvía a España en Cádiz, o a través de los Pirineos; b) ambos, Rochambeau y de Grasse, dijeron necesitar aquella plata para sus propias necesidades; c) Francia ya había anunciado su decisión de no entregar más dinero a los americanos. Por otro lado, no se conoce evidencia alguna que sugiera que esa plata habanera haya sido utilizada por el general Washington.

---

[182] Claude Blanchard, *Guerre d'Amérique 1780-1783. Journal de campagne*, Nabu Public Domain Reprints, N/A [1ª ed. París, 1881], pp. 96-7; ver también *The Journal of Claude Blanchard, Trad. por William Duane*, [edición facsimilar], The New York Times & Arno Press, New York, 1969 [1ª ed. 1876], p. 143. Los franceses en América llamaban *piastres* a los pesos españoles.

La importancia de la plata habanera

Una vez establecida la cantidad y el verdadero destino de la plata habanera, queda por determinar su importancia para las fuerzas de tierra francesas antes y durante el sitio de Yorktown. ¿Fue ese dinero realmente decisivo para la victoria?

Con la correspondencia que despachó al conde de Grasse, el general Rochambeau había incluido una relevante información de su intendente de ejército, M. de Tarlé,[183] quien calculaba que el dinero que tenía en caja le duraría hasta el 20 de agosto, y el que esperaba recibir le alcanzaría hasta el 20 de octubre.[184] M. de Tarlé estimaba que para el resto de la campaña, necesitaría 1,200,000 libras más «en espèces». Aunque esta información ha sido ampliamente aceptada como fáctica en la historiografía —y se menciona para resaltar cuán esencial resultó la plata habanera que trajo de Grasse—, ciertos datos y contradicciones sugieren que sería prudente cuestionarla.

---

[183] El puesto de Benoit Joseph de Tarlé era "commissaire ordonnateur" (Whitridge, *op. cit.*, pp. 171, 339; Blanchard, *Guerre ...*, p. 13).

[184] Doniol, *op. cit.*, t. V, p. 477. En febrero, Tarlé había recibido en Boston un millón y medio de libras tornesas de la fragata *Astrée*; el 6 de mayo el *Concorde* trajo un millón doscientas mil y el anuncio de que vendría otra remesa similar; ese es el dinero que Tarlé esperaba recibir en el *Sagittaire* (Thomas Willing Balch, trad., Thomas Balch, *The French in America During the War of Independence of the United States 1777-1783*, Peter & Coates, Philadelphia, 1891, pp. 140-1, 148). Otro autor apunta que del millón y medio, el *Astrée* sólo traía «dos terceras partes para el ejército», y que el tesoro del Concorde se acercaba más «a un millón de libras» (Kennett, *op. cit.*, pp. 91, 104); aquí se utilizarán las cifras más bajas.

En base a la información disponible se puede apreciar que cuando Tarlé redactó su informe ya había recibido un millón de libras que trajo el *Concorde,* y se le había anunciado que otra remesa de igual monto estaba en camino. Lo que no podía saber Tarlé es que, en lugar del millón de libras que le habían anunciado, el *Sagittaire* llegaría el 9 de junio con un tesoro de un millón ochocientas mil libras, y que además recibiría otra cantidad igual en agosto y otra remesa adicional en septiembre.[185]

Cualquiera que fuese la cantidad que trajo el *Engageante* en septiembre, ello aseguraba el sustento a la *expédition particulière* hasta la primavera de 1782.[186] A esta misma conclusión llegó también el profesor Kennett en su excelente estudio sobre la logística de las fuerzas francesas durante la guerra cuando señaló que, aunque estas estuvieron escasas de metálico hasta los primeros meses de 1781 cuando llegó «un oportuno cargamento de efectivo», esas dificultades no se volvieron a manifestar hasta el año siguiente;[187] es decir, las arcas del ejército francés no «estu-

---

[185] Según el comisario ayudante de Tarlé, el 22 de agosto, antes de llegar a Philadelphia, el estado mayor francés se enteró que le habían llegado otras 1,800,000 libras a Boston en *Le Magicienne* (Blanchard, *op. cit.*, p. 87). El 6 de septiembre, llegó también a Boston la fragata *Engageante* con «dinero para pagar al escuadrón bajo M. de Barras St. Laurent y al Ejército Auxiliar.» (Fitz-Henry Smith, Jr., *The French at Boston During the Revolution*, R. Marvin & Sons, Boston, 1913, pp. 48, 50; Gardiner, *op. cit.*, p. 129)

[186] Otras fuentes han reportado remesas mucho más cuantiosas. Por ejemplo, en el libro que ganó el primer Premio Pulitzer en Historia, un embajador francés reportó que el *Astrée* trajo «siete millones» (Jean Jules Jusserand, "Rochambeau and the French in America", *With Americans Past and Present*, Charles Scribner's Sons, New York, 1916, p. 60), y un oficial francés dijo que «la fragata le trajo al ejército 5,000,000 de libras» (Louis-Alexandre Berthier, "Journal", en Rice y Brown, *op. cit.* t. 1, p. 240); otro autor comenta sobre el tesoro del *Sagittaire* que aunque «comúnmente se cree que trajo 9 millones», en realidad «trajo 2.6 millones de libras» y después le asigna sólo 1.8 millones al ejército (Kennett, *op. cit.*, pp. 71, 107). Aquí se utiliza en ambos casos las cifras más modestas.

[187] Kennett, *op. cit.*, pp. 66-7.

vieron escasas de metálico» durante el período que nos ocupa en la segunda mitad del año 1781.

Libras tornesas recibidas por los franceses entre enero y septiembre de 1781

Arribo	Puerto	Nave	Cantidad
25 de febrero	Boston	Astrée	1,000,000
6 de mayo	"	Concorde	1,000,000
9 de junio	"	Sagittaire	1,800,000
xx de agosto	"	Magicienne	1,800,000
30 de agosto	Chesapeake	Flota de de Grasse	1,200,000
6 de septiembre	Boston	Engageante	desconocida

Tabla I

Al pedir más dinero a de Grasse, no hay que dudar que Rochambeau estuviese tratando de anticiparse a lo imprevisto porque, en realidad, todo parece indicar que el ejército francés tendría más que suficientes fondos para la campaña.

La correspondencia de la jefatura del ejército francés ofrece dos puntos de partida que permiten calcular la situación de sus finanzas durante la etapa que precede la acción de Yorktown. Pero antes es necesario identificar un patrón de medición apropiado, en este caso, ¿cuánto dinero consumía el ejército en un cierto período de tiempo?

El tamaño del ejército fluctuó muy poco a lo largo de su misión trasatlántica y eso permite simplificar en algo el proceso de cálculo. Hay dos maneras de establecer el consumo mensual de la tropa. La primera requiere dos números: el monto total del dinero disponible y el período de tiempo en que se usó. Los franceses llegaron a Newport en julio de 1780 y se retiraron por Boston en la Navidad de 1782: o sea, unos 30 meses. Para determinar de cuánto efectivo dispuso el ejército, la mejor fuente es el profesor Lee Kennett quien identificó nueve envíos desde Francia que en conjunto trajeron unos diez millones de libras. Además, Rochambeau había traído 2,650,000 libras pero tuvo que cubrir deudas anteriores por un millón y medio quedándose con poco más de un millón. Tomando en consideración el dinero que trajo el conde de Grasse, la suma asciende a unos 12,350,000 pero a este total se le debe rebajar el saldo que seguramente quedó de la última remesa —de más de 2.5 millones en septiembre—, y que sería reembarcado al abandonar los franceses el país.[188] El total de gastos no debe haber sido mayor de los doce millones de libras tornesas y este método, que pudiéramos llamar la "versión independiente", sugiere un promedio de gasto mensual de unas 400,000 libras tornesas. Esto naturalmente, sin olvidar que esta fórmula distribuye el gasto proporcionalmente sin tomar en cuenta la diferencia entre el mantenimiento de un ejército acantonado y uno en operaciones.[189]

La otra forma en que se puede calcular el gasto mensual es la que llamaremos "versión oficial" porque está basada en la información proveniente de la propia jerarquía militar de la hueste expedicionaria. El tan manido informe del intendente Tarlé estipulaba que el dinero que esperaba recibir en el convoy extendería el servicio por dos meses —del 20 de agosto al 20 de octubre. Cuando Tarlé preparó su informe solamente tenía como referencia las remesas que habían llegado en el *Astrée* y el *Concorde*, de un millón cada una; si el próximo envío seguía el mismo patrón, entonces Tarlé debía esperar recibir otro millón de libras. En ese caso, el consumo implícito sería de 500,000 libras mensuales.

Por tanto, si la versión independiente arroja 400,000 y la oficial reclama 500,000 libras, es apropiado adoptar la cifra intermedia de 450,000 libras tornesas como representativa del gasto mensual del ejército galo; esa será la vara de medir.

---

[188] Balch, *op. cit.*, p. 229

[189] Kennett, *op. cit.*, pp. 66-68; el profesor Robert A. Selig estimó que «Rochambeau necesitaba entre 375,000 y 400,000 libras tornesas mensuales» (*The Washington-Rochambeau Revolutionary Route in the State of New York, 1781-1782*, Hudson River Valley Institute. Poughkeepsie, 2001, p. 62 [versión electrónica consultada el 15 de junio de 2015].

Para aplicar esa medida, un buen punto de partida lo ofrece una carta del conde Rochambeau desde Newport al ministro *Chevalier* de la Luzerne en Philadelphia. La carta está fechada el 12 de enero de 1781 y, según Rochambeau, el efectivo que tenía en caja no le alcanzaría más allá del 1º de marzo.[190] Desde la fecha de la carta hasta la llegada de la plata habanera el 30 de agosto transcurrieron siete meses y medio y durante ese período llegaron cuatro remesas que en conjunto sumaban 5,600,000 libras tornesas (Tabla I), suficiente dinero para extender el servicio hasta el comienzo del próximo año.

El otro punto de partida lo ofrece el intendente Tarlé en el conocido informe del 4 de junio donde apuntaba que el dinero en mano duraría sólo hasta el 20 de agosto. Desde la fecha del informe se recibieron 3,600,000 libras tornesas en dos envíos que extenderían el servicio hasta la primavera del año siguiente.

En ambos escenarios, el efectivo a disposición del ejército francés le hubiera alcanzado hasta 1782 sin tomar en cuenta la plata habanera que trajo de Grasse. Cabe preguntar entonces, ¿por qué Rochambeau y Tarlé pidieron al conde de Grasse que trajera más dinero?

Existían dos razones poderosas. En primer lugar, Tarlé y Rochambeau desconfiaban de la regularidad en el flujo de caudales que regularmente enviaba el alto mando desde Francia ya que, en ocasiones, alguna que otra demora en el transporte había sido causa de confusión y ansiedad. La preocupación por el dinero y los suministros «obsesionaba» tanto a Rochambeau que dos de sus subalternos pidieron traslado debido a su constante hostigamiento.[191] En esta ocasión, Rochambeau dijo haber decidido pedir al conde de Grasse la suma de 1,200,000 libras «para asegurar el éxito de la expedición» que planeaban.[192]

La otra razón de peso es que —aunque probablemente exageraron su penuria cuando pidieron el dinero a de Grasse—, ni Tarlé ni Rochambeau podían saber que: 1) el tesoro del *Sagittaire*

---

[190] Citada en Kennett, *op. cit.*, p. 67
[191] Kennett, *op. cit,* p.64
[192] Rochambeau, Memorias…, p. 983.

sería mucho mayor que los anteriores, y 2) que pronto llegarían también las fragatas *Magicienne* y *Engageante* para sorprenderlos con nuevas infusiones de efectivo que llenarían sus arcas. Por lo visto, la llegada de la plata habanera no fue bajo ningún concepto "decisiva" para la victoria franco-americana en Yorktown.

Queda por examinar otro aspecto. Aunque resulta evidente que la plata habanera no fue necesaria, ¿pudo haber sido al menos útil? No es posible precisar cuánto efectivo tenía a mano el alto mando francés en el momento del préstamo a Morris pero existen razones para sospechar que su escasez ha sido exagerada. Como se ha visto, a principios de junio, Tarlé reportó que los fondos en caja se agotarían cerca del 20 de agosto y que aun si llegaba una remesa anunciada, el dinero sólo les alcanzaría hasta el 20 de octubre.

De hecho, el dinero que Rochambeau y Tarlé esperaban desde Francia llegó al puerto de Boston el 9 de junio bajo custodia del navío *Sagittaire* —sólo tres días después de haberse confeccionado aquel informe financiero pero once días antes de ser despachado hacia el Cabo Francés.

Por esos días Rochambeau había anunciado que el grueso de su tropa iría al encuentro del Ejército Continental del general Washington frente a «la isla de New York» y que la marcha comenzaría el día 10 de junio.[193] Como de costumbre, el comisario Blanchard salió un día antes para preparar condiciones sanitarias y asegurar el pan para la tropa que haría su primera parada en Providence, a unos cincuenta y cinco kilómetros al norte de Newport. En el camino, Blanchard encontró «a un oficial naval, que iba a Newport a reportar que el *Sagittaire*» ya había llegado a Boston. Al día siguiente, el comisario vio a su jefe, el intendente Tarlé, «pasar por Providence camino de Boston» para recibir el cargamento.[194]

---

[193] Rochambeau, "Memoirs…," p. 981.
[194] Blanchard, *op. cit.*, pp. 106-8.

La distancia por mar entre Boston y Newport era relativamente corta pero la travesía era muy difícil para los barcos de la época porque la extensión de los bajos de la costa obligaban a salir a mar abierto dibujando un gran semicírculo entre los dos puertos. Eso hacía preferible la comunicación terrestre que usualmente permitía a un jinete cubrir el viaje de alrededor de 135 kilómetros en unos tres días. Según un oficial de artillería, desde Providence se envió un destacamento a « buscar a los reclutas y para escoltar el tesoro militar.»[195] Ocho carretas tiradas por caballos fueron necesarias para cargar los pesados barriletes llenos de monedas.[196]

Rochambeau había decidido alterar su plan de marcha y se detuvo en Providence hasta recibir el «pequeño convoy del *Sagittaire*» que trajo «el efectivo y los reclutas todos sanos y salvos».[197]

Por cierto, Rochambeau permaneció en Providence hasta el 18 de junio y aunque el 16 escribió otra carta a de Grasse no le mencionó que el convoy había llegado y que ya tenía el dinero en sus manos.[198] Quizás esa reserva de Rochambeau ha hecho creer a algunos que el ejército partió sin el dinero del *Sagittaire*. Pero no hay duda que, antes de salir de Rhode Island, ya Rochambeau llevaba consigo suficiente efectivo para cubrir sus necesidades más allá del 20 de octubre y, como ya se sabe, la victoria en Yorktown se coronó con la rendición formal de Cornwallis el 19 de octubre. Pero aquí es oportuno preguntarse: de haberse agotados esos fondos ¿cómo hubiese sufragado sus gastos Rochambeau sin la plata habanera?

Desde su llegada a Newport la comisaría francesa había utilizado no sólo metálico, sino también promesas de pago en forma de letras o cartas de crédito —siempre con el consabido descuen-

---

[195] Jean-Francois-Louis de Clermont-Crèvecœur, "Journal of the War in America During the Years, 1780, 1781, 1782, 1783, with some remarks on the Habits and Customs of the Americans...", Rice y Brown, *op. cit.*, t. p. 29.
[196] Selig (2001), *op. cit.*, p.66
[197] Rochambeau, "Memoirs...", p. 984.
[198] Doniol, *op. cit.*, p. 495.

to aplicado a tales instrumentos—, y no hay que dudar que lo hubiera podido seguir haciendo en Yorktown Pero probablemente Rochambeau ni siquiera hubiese tenido que apelar a las cartas de crédito. Los franceses pagaban a sus soldados en metálico cada treinta días, pero las ordenanzas permitían, en casos de emergencia, la extensión del pago a sesenta días.[199] Esta sola medida hubiese compensado cualquier falta momentánea de efectivo si el transporte desde Boston se hubiese demorado.

Por otro lado, según Morris, al solicitar el préstamo al conde de Rochambeau, el francés respondió alegando, entre otras razones, que aunque «tenían dinero que había llegado a Boston requeriría seis u ocho semanas» traerlo desde allá.[200] Rochambeau se refería al arribo de la *Magicienne* a mediados de agosto con 1,800,000 libras tornesas a bordo, lo cual seguramente ya era también del conocimiento del superintendente americano. En su esfuerzo por esquivar el sablazo de Morris, Rochambeau exageró un poco el tiempo necesario para mover el tesoro pues a Tench Francis, el agente de Morris, le tomó sólo un mes transportar el tesoro de la *Résolue* de Boston a Philadelphia.[201] Como la conversación entre Rochambeau y Morris se produjo el 5 de septiembre y la inesperada abundancia del tesoro del *Sagittaire* (1.8 en lugar de 1.0 millones) alcanzaría hasta mucho después de aquel 20 de octubre, es razonable pensar que el dinero de Boston pudiese haber llegado a tiempo para evitar un déficit en la caja

---

[199] Betty Knose and Robert A. Selig, *French Army Monetary Support In the American Revolution, 1780-1783*, folleto en ocasión de la develación de una lápida conmemorativa, East Hartford, 2005.
[200] Diario de Morris, septiembre 1-5, 1781 (Ferguson, *op. cit.*, t. II, p. 172).
[201] Francis no pudo haber salido de Boston antes del 4 ó 5 de octubre y llegó a Philadelphia el 6 de noviembre (Ferguson, *op. cit.*, t. II, 249n). El comisario ayudante del intendente Tarlé dijo haber recibido noticia el 2 de septiembre de la llegada a Boston de la *Résolue* y que «nos trajo dinero, tanto a nosotros como a los americanos» (Blanchard, *Journal...*, p. 133). Al no haber podido corroborar esta información, aquí no se toma en consideración tal remesa a los franceses.

del ejército[202] Por estas razones, resulta difícil demostrar que la plata habanera haya sido siquiera útil para la campaña de Yorktown.

Jean-Jacques Antier, el escritor que rescató al conde de Grasse del ostracismo histórico en su propio país, contribuyó también a exagerar la importancia de la plata habanera en Yorktown y la describe como «el tesoro de la independencia americana».[203] En su relato, Antier no toma en consideración las remesas que llegaron antes que la escuadra de su biografiado anclara en la bahía de Chesapeake. La obra de Henri Doniol en que aparece el informe de Tarlé está incluida en su bibliografía pero cuando Antier presenta en su libro un fragmento de ese documento —entrecomillado como una cita—, realmente no se ajusta al original; la diferencia más notable es la omisión de «los fondos que se deben recibir por el convoy» que le permitiría extender el servicio al ejército desde el 20 de agosto hasta el 20 de octubre.[204] En lugar de eso, Antier dice que esos fondos «no llegarían hasta el 20 de octubre», y que, por lo tanto, «entre esas dos fechas estaría, de no intervenir Grasse, la derrota de la causa americana.»[205]

Desafortunadamente, las inexactitudes de Antier siguen siendo citadas para evidenciar cuan "decisivo" fue el aporte de la plata habanera a la victoria de Yorktown.[206]

Las notas de agradecimiento que el conde de Rochambeau escribió a todos los involucrados en facilitar el dinero que de Grasse logró desembarcar en Chesapeake —atenciones y delicadezas dictadas por el formalismo propio de su rango y de su época—, también se ofrecen hoy como evidencia de la importancia

---

[202] El 20 de octubre, la fecha tope del servicio según Tarlé, se cumplirían unos 65 días desde el arribo del dinero a Boston; más que el tiempo requerido para su traslado a Yorktown según dijera el propio Rochambeau.
[203] Antier, *Héros...*, p. 214.
[204] Véanse los Anexos II y III de este estudio.
[205] Antier, *Héros...*, pp. 202-3.
[206] Tejera, (1972) y (2009); Dull, (1975); entre otros.

de aquella ayuda. El valor probatorio de tales textos se torna más dudoso al considerar que, sin importar cual fuese el estado real de las finanzas del ejército de Rochambeau a la llegada de la plata habanera, el general francés no podía menos que mostrar su agradecimiento por aquel dinero que le habían traído porque él había afirmado necesitarlo.[207] Especialmente luego de las dificultades que había experimentado de Grasse para conseguirlo y los peligros a que se había expuesto.

La información de que disponía el Jefe supremo de las fuerzas inglesas era limitada y sus comentarios —al ser citados por algunos escritores—, han contribuido también a exagerar la importancia de la plata habanera. El general Henry Clinton atribuyó al dinero proveniente de La Habana el estímulo que recibió por aquella época la economía del campo rebelde. Sir Henry escribió que había considerado responder a la derrota de Cornwallis con una riesgosa ofensiva contra Philadelphia, la capital rebelde, para tratar de «dispersar el Congreso, arruinar el crédito público, y totalmente trastornar sus planes y preparativos para la campaña» porque «la moneda dura… procurada en La Habana (alcanzando en muy corto tiempo, según se me ha reportado, medio millón de dólares)… estaba comenzando a dar vida y forma a todos sus designios.»[208]

Evidentemente, Clinton había recibido información precisa sobre la colecta pública en La Habana pero no se había enterado de las dos millones quinientas mil libras tornesas que desde el 26 de agosto habían descargado en Boston John Laurens y Thomas Paine de la fragata *la Résolue*; esa fue la plata que permitió al superintendente Robert Morris «dar una mucha mejor apariencia a nuestros asuntos, permitiéndonos operar con mucho más vigor

---

[207] De Rochambeau a los embajadores Aranda y Montmorin de 24 de octubre de 1781 (Doniol, *op. cit.*, t. V, p. 580).
[208] Henry Clinton, *The American Rebellion. Sir Henry Clinton's Narrative of His Campaigns, 1775-1782, with an Appendix of Original Documents*, Yale University Press, New Haven, 1954, pp. 306-307(citado antes en Mitchell, "Bankrolling…", pp. 16-25).

y actividad.»[209] Más de un siglo después de esos comentarios de Robert Morris, un mejor informado historiador americano recordaría que desde la llegada de la plata francesa que había traído Laurens por Boston «todo prometía un desenlace exitoso».[210]

El general inglés tampoco conocía que por esa misma fecha y por el mismo puerto le había llegado a Rochambeau otra remesa de un millón ochocientas mil libras. Por último, Henry Clinton también ignoraba entonces lo que ahora se conoce: que sólo una parte de la plata habanera había sido destinada al ejército francés en Yorktown, el resto era para la flota y ninguna fue destinada a los colonos rebeldes.

---

[209] John Keane, *Tom Paine. A Political Life*, Grove Press, New York, 1995, p. 213; Carta de Morris a Franklin de 28 de agosto de 1871, (Wharton, *op. cit.*, p. 666).
[210] Edward M. Allen, *La Fayette's Second Expedition to Virginia in 1781*, Maryland Historical Society, John Murphy & Co., Baltimore, 1891, p. 39.

Anexo I

Havana Residents Who Loaned Money for Admiral de Grasse's Expedition to Yorktown, August 16, 1781

NAME	AMOUNT IN REALES	INTEREST (ALL LOANS WERE TO BE REPAID FROM THE FIRST SHIPMENT OF SPECIE FROM MEXICO)	AMOUNT REPAID IN REALES (SEPT. 24–OCT. 2, 1781)
1. José Olazaval	160,000	2%	800,000 (plus 3,200 interest)
2. Francisco del Corral	200,000	2%	248,000 (plus 4,960 interest)
3. José Manuel López	320,000	2%	720,000 (plus 6,400 interest on 320,000)
4. Juan Dios de Muñoz	48,000	2%	48,000 (plus 960 interest)
5. Tomás de Eviaª	264,000	none	264,000
6. Lorenzo Quintana	200,000	none	200,000
7. Manuel Quintanilla	600,000	2%	720,000 (plus 12,000 interest on 600,000)
8. Pedro Valverdeᵇ	160,000	none	160,000
9. Rafael Medina	160,000	2%	160,000 (plus 3,200 interest)
10. Juan Parrón	608,000	2%	816,000 (plus 12,160 interest on 608,000)
11. Juan Hoganᶜ	240,000	none	240,000
12. Manuel Esteband	200,000	none	200,000
13. Carlos Testonaᵉ	168,000	2%	289,000 (plus 5,972 interest on 289,000)
14. Ferrero Brothers	160,000	2%	240,000 (plus 3,200 interest on 160,000)
15. Bartolomé de Castro	48,000	2%	48,000 (plus 960 interest)g
16. Nicolás Varela	48,000	2%	144,000 (plus 960 interest on 48,000)
17. Cristóbal de Nis	24,000	2%	88,000 (plus 480 interest on 24,000)
18. Pablo Serra	160,000	2%	320,000 (plus 3,200 interest on 160,000)
19. José Feu	160,000	2%	160,000 (plus 3,200 interest)
20. Pedro Figuerola	80,000	2%	80,000 (plus 1,600 interest)
21. Miguel Ibañez	112,000	2%	112,000 (plus 2,240 interest)
22. Doña Bárbara Santa Cruzᶠ	80,000	none	80,000
23. Jaime Boloix	80,000	2%	240,000 (plus 1,600 interest on 80,000)
24. Francisco Asbert	48,000	2%	144,000 (plus 960 interest on 48,000)
25. Pedro Peraza	64,000	2%	144,000 (plus 1,280 interest on 64,000)
26. Pedro Martín de Leiba	64,000	2%	184,000 (plus 1,280 interest on 64,000)
27. Cristoval Murillo	16,000	2%	16,000 (plus 320 interest)
28. Francisco del Corral	48,000	(See second name above)	
	4,520,000		6,865,000 70,132 interest

Source: AGI, SD, 1849, exp. 191. Caja Cuenta de 1781. Ignacio Peñalver y Cárdenas, Havana, 30 June, 1782.

Notes: a) Paymaster, Regiment of Guadalajara. b) Paymaster, Infantry Regiment of Havana. c) Paymaster. Regiment of Ybernia. d) Paymaster, Regiment of Soria. e) Festona? f) Marquesa de Cárdenas. g) Paid to Andrés Ferrero.

Note: The Exchequer turned over to the French 4,000,000 reales (500,000 pesos), evidently keeping the rest. Military units loaned approximately one-fifth of the total, and the treasury secured one-fourth of the total at no interest. It is quite possible that not all the creditors on this list were Spanish citizens (See nos. 17, 19, 23, and 24). Only one contributor was female (See no. 22).

Anexo II

(Texto reproducido por Henri Doniol en *su Histoire de la participation de la France à l'établissement des États-Unis d'Amérique. Correspondance diplomatique et documents*, Imprimerie Nationale, Paris, 1892, Tomo V, pp. 476-7)

MÉMOIRE DE M. L'INTENDANT PRESENTE À
M. LE COMTE DE ROCHAMBEAU.

L'intendant a l'honneur d'observer à M. le comte de Rochambeau que les fonds qui restent dans la caisse militaire n'assurent le service de son armée que jusqu'au 20 août prochain, en supposant que les fournisseurs puissent continuer leurs achats avec des traites. Que les fonds que l'on doit recevoir par le convoi ne prolongeront le service que jusqu'au 20 octobre. Que le change des traites sur France pour espèces est ici de 28 à 3o p. 0/0 de perte, et qu'il n'y a point d'espérance qu'il devienne moins onéreux. Enfin que l'on ne trouvera pas à aucun prix quelconque, assez de fonds dans cette partie de l'Amérique pour subvenir aux besoins de l'armée. D'après cet exposé et l'assurance qui a été donnée à M. le comte de Rochambeau par des personnes dignes de sa confiance, que le change des traites sur France pour des espèces était au pair dans les îles françaises des Antilles, ou qu'on pourrait au moins s'y procurer beaucoup de fonds à une perte infiniment moindre que dans l'Amérique septentrionale, l'intendant a l'honneur de représenter à M. le comte de Rochambeau qu'il serait du plus grand avantage pour les intérêts du Roi que M. le Comte voulût bien employer pour la sûreté du service de son armée l'influence de son crédit et réclamer un secours de l'armée navale dans les Antilles, jusqu'à la concurrence de 1,200,000 livres en espèces que l'on rembourserait ici avec les frais et la perte sur la négociation par des traites du trésorier de l'armée sur M. de Serilly, trésorier général de la guerre

A Newport, le 4 juin 1781.

Traducción del autor:

INFORME DEL SR. INTENDENTE PRESENTADO AL SR. CONDE DE ROCHAMBEAU.

El intendente tiene el honor de hacer la observación al Sr. conde de Rochambeau que los fondos que quedan en la caja militar sólo aseguran el servicio de su ejército hasta el 20 de agosto próximo, suponiendo que los abastecedores puedan continuar sus compras con letras de cambio.

Que los fondos que se deben recibir por el convoy prolongarán el servicio sólo hasta el 20 de octubre.

Que el canje de las letras sobre Francia por efectivo está aquí de 28 a 30 por ciento de pérdida, y que no hay esperanza alguna que se haga menos oneroso.

En fin, que no se encontrará a ningún precio, suficientes fondos en esta parte de América para sufragar las necesidades del ejército. Y después de este informe y las seguridades que fueron ofrecidas al señor conde de Rochambeau por personas dignas de su confianza, que el canje de las letras por efectivo en Francia estaba a la par en las islas francesas de las Antillas, o que por lo menos se podría obtener muchos fondos a una pérdida mucho menor que en América del Norte, el intendente tiene el honor de expresar al Sr. conde de Rochambeau que sería del mayor beneficio para los intereses del Rey que el Sr. Conde emplease para la seguridad del servicio del ejército la influencia de su crédito y reclamase un socorro de la marina en las Antillas, hasta un máximo de 1.200.000 libras en metálico que se reembolsaría aquí con los gastos y la pérdida sobre la negociación por letras de cambio del tesorero del ejército sobre el Sr. de Serilly, tesorero general de guerra.

En Newport, 4 de junio de 1781.

Anexo III

(Este es el texto completo y exacto según lo cita Jean-Jacques Antier en su *L'amiral de Grasse, vainqueur à la Chesapeake*, Editions Maritimes et d'Outre-Mer, Paris, 1971, p. 55)

«L'intendant a l'honneur de faire observer à M. le comte de Rochambeau que les fonds restant dans les coffres militaires ne seront suffisants que pour entretenir l'armée jusqu'au 20 août. On ne trouvera pas, à n'importe quel prix, assez de fonds dans ce secteur de l'Amérique pour satisfaire aux besoins de l'armée. Il y aurait les plus grands avantages à demander l'aide de la marine aux Antilles, soit 1 200 000 livres en espèces.»

Traducción del autor:

El intendente tiene el honor de señalar al Sr. conde de Rochambeau que los fondos restantes en los cofres militares sólo serán suficientes para mantener el ejército hasta el 20 de agosto próximo. Usted no encontrará a ningún precio, suficientes fondos en este sector de la América para cumplir con las necesidades del ejército. Sería de gran provecho pedir ayuda de la marina en las Antillas, o sea 1,200,000 libras en metálico.

Bibliografía

Allen, Edward M., *La Fayette's Second Expedition to Virginia in 1781*, Maryland Historical Society, John Murphy & Co., Baltimore, 1891

Amores Carredano, Juan Bosco, "Juan Ignacio de Urriza y la Intendencia de La Habana (1776-1787)", *Euskal Herría y el Nuevo Mundo. La contribución de los vascos a la formación de las Américas*, editores Ronald Escobedo Mansilla, Ana de Zaballa Beascoechea, Óscar Álvarez Gila, Servicio Editorial, Universidad del País Vasco, Vitoria, 1996

————, *Cuba en la época de Ezpeleta (1785-1790)*, Ediciones Universidad de Navarra, S.A., Pamplona, 2000

————, "Las élites cubanas y la estrategia imperial borbónica en la segunda mitad del siglo XVIII", en Luis Navarro García (Coord.) *Élites urbanas en Hispanoamérica*, Universidad de Sevilla, Sevilla, 2005

Anónimo, "Journal of an Officer in the Naval Army in America, in 1781 and 1782, Ámsterdam, 1783", Trad. John Gilmore Shea, en *The Operations of the French Fleet Under the Count de Grasse in 1781-2 as Described in Two Contemporaneous Journals*, The Bradford Club, Publication No. 3, New York 1864

Antier, Jean-Jacques, *L'amiral de Grasse. Héros de l'Indépendance américaine*, Librairie Plon, París, 1965

————, *L'amiral de Grasse, vainqueur à la Chesapeake*, Editions Maritimes et d'Outre-Mer, París, 1971

Balch, Thomas Willing, trad., Thomas Balch, *The French in America During the War of Independence of the United States 1777-1783*, Peter & Coates, Philadelphia, 1891

Berthier, Louis-Alexandre, "Journal", en Rice y Brown

Blanchard, Claude, *Guerre d'Amérique 1780-1783. Journal de campagne*, Nabu Public Domain Reprints, n/a [1ª ed. París, 1881]

——————, *The Journal of Claude Blanchard*, Trad. por William Duane, [edición facsimilar], The New York Times & Arno Press, New York, 1969 [1ª ed. 1876]

Blanchet, Emilio, *Compendio de la Historia de Cuba*, Kessinger Publishing, Lavergne, s/f [1ª ed. Imprenta de la Aurora del Yumurí, Matanzas, 1866]

Bonnel, Ulane, *The French Navy and the American War of Independence*, New York, 1976 (xenophongroup.com/mcjoynt/bonnel.htm)

Bonsal, Stephen, *When the French Were Here. A Narrative of the Sojourn of the French Forces in America and Their Contribution to the Yorktown Campaign Drawn from Unpublished Reports and Letters of Participants in the National Archives of France and MS Division of the Library of Congress*, Doubleday, Doran and Company, New York, 1945

Botifoll, Luis J., *Hispanos: un papel vital en la independencia Americana (crónica de héroes y silencios)*, Laurenty Publishing Inc. Miami, 1986

Brown, Anne S. K. and Rice, Howard C., Jr., , *The American Campaigns of Rochambeau's Army 1780, 1781, 1782, 1783, 2 v.*, Princeton and Brown University Presses, Princeton and Providence, 1972

Calcagno, Francisco, *Diccionario Biográfico Cubano, Edición Facsimilar*, Editorial Cubana, Miami, 1996 [1ª ed. 1878]

Cantillo, Alejandro del, *Tratados, convenios y declaraciones de paz y de comercio que han hecho con las potencias estranjeras los monarcas españoles de la Casa de Borbón*, Imprenta de Alegría y Charlain, Madrid, 1843

Caughey, John Walton, *Bernardo de Gálvez in Louisiana, 1776-1783*, Pelican Publishing Company, Gretna, 1972 [1ª ed. 1934]

Centro de Estudios Martianos, *Anuario del Centro de Estudios Martianos 9*, Centro de Estudios Martianos, La Habana, 1986

Clermont-Crèvecœur, Jean-Francois-Louis de, "Journal of the War in America During the Years, 1780, 1781, 1782, 1783, with some remarks on the Habits and Customs of the Americans...", en Rice y Brown

Clinton, Henry, *The American Rebellion. Sir Henry Clinton's Narrative of His Campaigns, 1775-1782, with an Appendix of Original Documents*, Yale University Press, New Haven, 1954

Closen, Ludwig Von, *The Revolutionary Journal of Baron Ludwig von Closen, 1780-1783*, Trad. de Evelyn M. Acomb, The University of North Carolina Press, Chapel Hill, 1958

Cluster, Dick and Hernández, Rafael, *The History of Havana*, Palgrave McMillan, New York, 2006

Contenson, Ludovic de, "La capitulation d'Yorktown et le comte de Grasse", *Revue d'Histoire Diplomatique*, 1928, Paris

Doniol, Henri, *Histoire de la participation de la France à l'établissement des États-Unis D'Amérique. Correspondance diplomatique et documents*, 5 v., Imprimerie Nationale, Paris, 1892

Dull, Jonathan R., *The French Navy and American Independence. A Study of Arms and Diplomacy, 1774-1787*, Princeton University Press, Princeton, 1975

————, *The French Navy and the Seven Year's War*, University of Nebraska Press, 2005

España, *Tratado definitivo de paz concluido entre El Rey Nuestro Señor y la S. M. Christianísima por una parte, y S. M. Británica por otra, en París á 10 de Febrero de 1763...*, Imprenta Real de la Gaceta, Madrid, 1763

————, *Colección de los Tratados de paz, alianza, comercio etc. ajustados por la Corona de España con las potencias extrangeras desde el reynado del Señor Don Felipe Quinto hasta el presente*, La Imprenta Real, Madrid, 1796

Ferguson, James, ed., *The Papers of Robert Morris, 1781-1784 Vol. II,III*, University of Pittsburgh Press, Pittsburgh, 1975

Ferrer del Río, Antonio, *Obras originales del conde de Floridablanca, y escritos referentes a su persona*, edición facsimilar [1ª ed. 1867]

Fina García, Francisco, *Historia de Santiago de las Vegas*, Editorial Antena, Santiago de las Vegas, 1954

Fleming, Thomas, *Liberty! The American Revolution*, Viking Penguin, New York, 1997

Gardiner, Asa Bird, *The Order of the Cincinnati in France*, The Rhode Island State Society of the Cincinnati, 1905

Gayarré, Charles, *History of Louisiana. The Spanish Domination*, Redfield, New York, 1854

Geggus, David Patrick y Fiering ,Norman, editores, *The World of the Haitian Revolution*, Indiana University Press, Bloomington, 2009

Glascock, Melvin Bruce, "New Spain and the War for America, 1779-1783", Ph. D. thesis, Louisiana State University, 1969

González, Diego, *Historia de San Antonio Abad o de los Baños*, Imprenta, Librería y Papelería "La Propagandista", La Habana, 1930

Goodrich, Casper F., "The Naval Side of the Revolutionary War", *Papers of the Military Historical Society of Massachusetts, V. XI: Naval Actions and Operations Against Cuba and Porto Rico, 1593-1815*, E. B. Stillings & Co., Boston, 1901

Goussencourt, Chevalier de, "A Journal of the Cruise of the Fleet of his Most Christian Majesty, Under the Command of the Count de Grasse-Tilly, in 1781 and 1782", Trad. John Gilmore Shea, en *The Operations of the French Fleet Under the Count de Grasse in 1781-2 as Described in Two Contemporaneous Journals*, The Bradford Club, Publication No. 3, New York, 1864

Guerra Sánchez, Ramiro, "Las señoras de La Habana y la independencia de los Estados Unidos", *Diario de la Marina*, 17 de abril de 1945

Hamilton, Alexander, *The works of Alexander Hamilton : comprising his correspondence, and his political and official writings, exclusive of the Federalist, civil and military / Published from the original manuscripts deposited in the Department of State, by order of the Joint Library Committee of Congress ; edited by John C. Hamilton. 7 v.*, J.F. Trow, printer, New York, 1850-51

Hernández, Rafael and Cluster, Dick, *The History of Havana*, Palgrave McMillan, New York, 2006

Hunt, , Gaillard, editor, *Journals of the Continental Congress, 1774-1789, Volume XXII, 1782, January 1 – August 9*, Government Printing Office, Washington, 1914

Johnson, Sherry, *Climate and Catastrophe in Cuba and the Atlantic World in the Age of Revolution*, The University of North Carolina Press, Chapel Hill, 2011

Jusserand, Jean Jules, "Rochambeau and the French in America", *With Americans Past and Present*, Charles Scribner's Sons, New York, 1916

Keane, John, *Tom Paine. A Political Life*, Grove Press, New York, 1995

Kennett, Lee, *The French Forces in America, 1780-1783*, Greenwood Press, Westport, 1977

Knose, Berry, con Robert A. Selig, *French Army Monetary Support In the American Revolution, 1780-1783*, East Hartford, 2005

Lacour-Gayet, G., *La marine militaire de la France sous le Règne de Louis XVI*, Honoré Champion, Libraire-Éditeur, Paris, 1905

Lagarde, Chauveau, *Plaidoyer pour le Général Miranda, accusé de haute trahison & de complicité avec le Général en chef Dumourier*, Chez Barrois Paîné, Libraire, París, 1793

Larrabee, Harold A, "A Neglected French Collaborator in the Victory of Yorktown: Claude-Anne Marquis de Saint-Simon (1740-1819)", *Journal de la Société des Américanistes, Tome 24, n° 2*, Francia, 1932

—————, *Decision at the Chesapeake*, Bramball House, New York, 1964

Laughton, John Knox, *Letters and Papers of Charles, Lord Barham, Admiral of the Red Squadron, 1758-1813, 3. v.*, The Navy Records Society, London, 1907

Le Riverend Brusone, Julio, *Historia económica de Cuba*, Editorial de Ciencias Sociales, La Habana, 1985 (1ª ed. 1963)

Lewis, Charles Lee, *Admiral de Grasse and American Independence*, United States Naval Institute, Annapolis, 1945

Lewis, James A., "Las Damas de la Havana, el Precursor, and Francisco de Saavedra: A Note on Spanish Participation in the Battle of Yorktown", *The Americas*, Vol. 37, No. 1 (Jul., 1980)

Mackenzie, Frederick, *Diary of Frederick Mackenzie, Giving a Daily Narrative of His Military Service as an Officer of the Regiment of Royal Welch Fusiliers during the Years 1775-1781 in Massachusetts, Rhode Island, and New York*, 2 vol., Harvard University Press, Cambridge, 1930

Madariaga, Salvador de, *Cuadro histórico de Indias. Introducción a Bolívar*, Editorial Sudamericana, Buenos Aires, 1950

Mahan, Alfred T., *The Influence of Sea Power Upon History, 1660-1783*, Little, Brown, and Company, Boston, 1898 [14ª ed.]

Marañón, Gregorio, *El Conde-Duque de Olivares (La pasión de mandar)*, Espasa-Calpe, S. A., Madrid, 1936

Marien y Arróspide, Tomás Antonio de, *Tratado general de monedas, pesas, medidas y cambios de todas las naciones reducidas á las que se usan en España*, Imprenta de D. Benito Cano, Madrid, 1789

Marrero Artiles, Leví, *Cuba:economía y sociedad, Vol. 12. Azúcar, ilustración y conciencia (1763-1868)*, Editorial Playor, S. A., Madrid, 1985

Martínez Hoyos, Francisco, *Francisco de Miranda. El eterno revolucionario*, Editorial Arpegio, Sant Cugat, 2012

Márquez Sterling, Carlos, *Historia de Cuba. Desde Cristóbal Colón a Fidel Castro*, Las Américas Publishing Company, New York, 1969

Miranda, Francisco de, *Colombeia*, Tomo II, Ediciones de la Presidencia de la República, Caracas, 1979

―――, *Francisco de Miranda, América espera, selección, prologo y títulos por J. L. Salcedo-Bastardo*, Biblioteca Ayacucho, Caracas, 1982

Mitchell, Barbara A., "Bankrolling the Battle of Yorktown", *MHQ. The Quarterly Journal of Military History*, Spring 2007, Vol. 19, No. 3

Mogrobejo, Endika, Irantzu y Garikoitz, *Diccionario hispanoamericano de heráldica, onomástica y genealogía*, Bilbao, v. XXXIII (XVIII) [¿1984?]

Moreau de Saint-Méry, M. L. E., *Description topographique, physique, civile, politique et historique de la partie française de L´isle Saint Domingue...*, Gale ECCO edición facsimilar [1ª ed. Philadelphia, 1798]

Nieto y Cortadellas, Rafael, *Dignidades nobiliarias en Cuba*, Ediciones Cultura Hispánica, Madrid, 1954

Parker, William Belmont, *Cubans of To-Day*, G. P. Putnam´s Sons, New York, 1919

Pérez Cabrera, José Manuel, *Miranda en Cuba (1780-1783)*, Academia de la Historia de Cuba, La Habana, 1950

——————, *Historiografía de Cuba*, Instituto Panamericano de Geografía e Historia, México, 1962

Pezuela, Jacobo de la, *Diccionario geográfico, estadístico, histórico de la Isla de Cuba*, 4 v., Imprenta del Establecimiento de Mellado, Madrid, 1865

——————, *Historia de la Isla de Cuba, 4 v.*, Cárlos Bailly-Bailliere, Madrid, 1868-1878

Portell Vilá, Herminio, *Historia de Cuba en sus relaciones con los Estados Unidos y España, 4 v.*, Mnemosyne Publishing Inc., Miami, 1969 [1ª ed. 1938]

——————, *Los otros extranjeros en la revolución norteamericana*, Ediciones Universal, Miami, 1978

Recio Morales, Óscar, "Una aproximación al modelo del oficial extranjero en el ejército borbónico: la etapa de formación del teniente general Alejandro O´Reilly (1723-1794)", *Cuadernos dieciochistas, Vol. 12*, 2011, Ediciones Universidad de Pamplona

Reparaz, Carmen, *Yo solo. Bernardo de Gálvez y la toma de Panzacola en 1781*, Ediciones del Serbal S.A., Barcelona, 1986

Rexach, Rosario, "Las mujeres del 68", Revista Cubana, enero-julio 1968, Año I, Núm. 1, New York

Rice, Howard C., Jr., and Brown, Anne S. K., *The American Campaigns of Rochambeau´s Army 1780, 1781, 1782, 1783, 2 v.*,

Princeton and Brown University Presses, Princeton and Providence, 1972

Rochambeau, conde de, "What France Did for America: Memoirs of Rochambeau", *The North American Review*, Vol. 205, Nos. 738-739, Vol. 206, No. 240, University of Northern Iowa, May-July, 1917

Rodríguez García, Rolando, *Cuba: La forja de una nación. I. Despunte y epopeya*, Editorial de Ciencias Sociales, La Habana, 1998

─────, *Cuba: La forja de una nación. I. Despunte y epopeya*, Editorial de Ciencias Sociales, La Habana, 2005

Roig de Leuchsenring, Emilio, "La trata negrera en Cuba: de cómo y por quiénes se realizaba en el siglo XVIII", revista *Carteles*, octubre 21 de 1934

─────, "¿Quién debe gratitud a quién? Aporte de Cuba a la independencia de los Estados Unidos", revista *INRA*, No. 7, julio de 1961

Saavedra Sangronis, Francisco, *The Journal of Don Francisco Saavedra de Sangronis, 1780-1783*, Francisco Morales Padrón (ed.), Aileen Moore Topping (trad.), University of Florida Press, Gainesville, 1989

─────, *Los decenios (Autobiografía de un sevillano de la Ilustración)*, Transcripción, introducción y notas por Francisco Morales Padrón, Excmo. Ayuntamiento de Sevilla, Sevilla, 1995

─────, *Misión de guerra en el Caribe. Diario de Dn. Francisco de Saavedra y Sangronis, 1780-1783*, (comp. Manuel Ignacio Pérez Alonso), Colección Cultural de Centro América, Managua, 2004

─────, *Diario de Don Francisco de Saavedra*, Transcripción, introducción y notas por Francisco Morales Padrón, Universidad de Sevilla, Sevilla 2004

San Pedro Xiqués, Enrique, *Reseña cronológica muy abreviada de los gobiernos coloniales de la Isla de Cuba durante las dominaciones española, inglesa y norteamericana*, Miami, edición privada, c. 1979

San Pedro del Valle, Sergio R., *Vivido ayer. Leyendas y misterios de Cuba y La Habana*, Ediciones Universal, Miami, 2008

Santovenia Echaide, Emeterio S., "Política colonial", *Historia de la Nación Cubana T. II*, Cultural, S.A., La Habana, 1952

Selig, Robert A., *The Washington-Rochambeau Revolutionary Route in the State of New York, 1781-1782*, Hudson River Valley Institute. Poughkeepsie, 2001

――――, con Betty Knose, *French Army Monetary Support In the American Revolution, 1780-1783*, East Hartford, 2005

――――, *March to Victory. Washington, Rochambeau, and the Yorktown Campaign of 1781*, U.S Army Center of Military History, Washington, D.C., 2007

Serrano Álvarez, José Manuel, "El poder y la gloria: élites y asientos militares en el astillero de La Habana durante el siglo XVIII", *Studia Histórica: Historia Moderna*, Universidad de Salamanca, 2013, Vol. 35

Shea, John Gilmore, Trad., *The Operations of the French Fleet Under the Count de Grasse in 1781-2 as Described in Two Contemporaneous Journals*, The Bradford Club, Publication No. 3, New York, 1864

Smith, D. E. Huger, "Alexander Gillon and the Frigate South Carolina", *The South Carolina Historical and Genealogical Magazine*, Vol. 9, No. 4 (Oct., 1908)

Smith, Jr., Fitz-Henry, *The French at Boston During the Revolution*, R. Marvin & Sons, Boston, 1913

Sparks, Jared, ed., *The Diplomatic Correspondence of the American Revolution, 12 Vol.*, Nathan Hale and Gray & Bowen, Boston, 1829-1830

Sumner, William Graham, *Robert Morris: The Financier and the Finances of the American Revolution, 2 v.*, [edición facsimilar], Cosimo, Inc. New York, 2005 [1ª ed. 1891]

Tejera, Eduardo J., *La ayuda cubana a la lucha por la independencia norteamericana*, Ediciones Universal, Miami, 1972

――――, *La ayuda de España y Cuba a la independencia norteamericana*, Editorial Luz de Luna, Santo Domingo, 2009

Thomas, Hugh, *Rivers of Gold. The Rise of the Spanish Empire, from Columbus to Magellan*, Random House, 2005 [1ª ed. 2003]

Topping, Aileen Moore, "Alexander Gillon in Havana, 'This Very Friendly Port'", *South Carolina Historical Magazine*, v. 83, no. 1, January 1982

Tornquist, Karl Gustaf, *The Naval Campaigns of Count de Grasse During the American Revolution 1781-1783*, Swedish Colonial Society, Philadelphia, 1942

Torres Cuevas, Eduardo, "Cuba y la independencia de los Estados Unidos: una ayuda olvidada", *Tebeto: anuario del Archivo Histórico Insular de Fuerteventura*, t. 1, n. 5, 1992

Trevelyan, George Otto Bart, *George the Third and Charles Fox: The Concluding part of the American Revolution*, 2 v., Longmans, Green, and Co., New York, 1914 [1ª ed. 1912]

Valdés, Antonio José, *Historia de la Isla de Cuba y en especial de La Habana,* (Tomo III de *Los tres primeros historiadores de la Isla de Cuba*, Imprenta y Librería de Andrés Pego, La Habana, 1877) [1ª ed. 1813]

Vivanco, Julián, *Crónicas históricas de San Antonio Abad de los Baños*, tt. X-XI, Editorial "El Sol", La Habana, 1958

Ward, Christopher, *The War of the Revolution, T. II*, The Macmillan Company, New York, 1952

Wharton, Francis, editor, *The Revolutionary Diplomatic Correspondence of the United States*, 6 v., Government Printing Office, Washington, 1889

Whitridge, Arnold, *Rochambeau*, The Macmillan Company, New York, 1965

Yela Utrilla, Juan-Francisco, *España ante la Independencia de los Estados Unidos*, Ediciones Istmo, Madrid, 1988 [1ª ed. 1925]

Índice

A

Abarca de Bolea, Pedro Pablo. ver Aranda, conde de
Acapulco, 52
Aigrette, fragata, 31, 47, 48, 69
Alerta, cúter, 48
Allen, Edward M., 127
Allen, Robert S., 67
Amores Carredano, Juan Bosco, 100, 104, 137
Antier, Jean-Jacques, 65, 125, 136, 137
Antillas, 13, 19, 21, 28, 31, 34, 45, 46, 58
Aranda, conde de, 79, 83, 93, 103, 113, 126
Aranjuez, 37, 80
Argel, expedición a, 33, 39, 40
Astrée, fragata, 117, 118, 119, 120

B

Bahamas, 29, 47, 73, 88, 92
Balch, Thomas Willing, 117, 120, 137
Baracoa, 47
Barras, conde de, 28, 30, 118
Batabanó, 74, 90
Baton Rouge, 35
Beltrán de Santa Cruz, Bárbara. ver Cárdenas y Montehermoso, marquesa de
Berthier, Louis-Alenxandre, 118, 137
Blanchard, Claude, 114, 115, 117, 118, 122
Blanchet, Emilio, 36, 138
Bonet, Juan Bautista, 36, 37, 42
Bonnel, Ulane, 27, 138
Bonsal, Philip, 67, 69
Bonsal, Stephen, 7, 8, 11, 67, 68, 69, 70, 73, 74, 75, 77, 99, 107
Boston, 19, 28, 57, 63, 109, 117, 118, 119, 123, 126
Botifoll, Luis J., 15, 138
Brest, 28
Brown, Anne S. K., 59

C

Cabo Francés, 4, 11, 30, 31, 42, 43, 45, 47, 54, 59, 60, 61, 63, 64, 73, 81, 82, 89, 114
Cádiz, 33, 37, 51, 60, 115
Cagigal Monserrat, Juan Manuel, 42, 51, 73, 74, 88, 89, 90, 92
Calcagno, Francisco, 105, 138
Cantillo, Alejandro del, 80, 138
Cárdenas de Montehermoso, marquesa de, 14, 103, 104, 105
Cárdenas y Castellón, Agustín de, primer marqués de Cárdenas de Montehermoso, 103

Cárdenas, Gabriel María, segundo marqués de Cárdenas de Montehermoso, 104
Carlos III, Rey de España, 12, 19, 20, 33, 35, 37, 40, 64, 78, 79, 80, 81, 83, 85, 88, 91, 93, 100, 113
Carmichael, William, 91, 92
Casa Barreto, conde de, 100
Caughey, John Walton, 39, 80, 138
Charleston, 91
Chesapeake, bahía de, 45, 47, 57, 113, 119
Clermont-Crèvecœur, Jean-Francois-Louis de, 123, 139
Clinton, Henry, 24, 86, 126, 127, 139
Closen, Ludwig Von, 87, 108
Cluster, Dick, 15, 139, 141
Colón, Cristóbal, 8, 15, 29
Concorde, fragata, 28, 30, 45, 117, 118, 119, 120
Contenson. Ludovic de, 69, 139
Cornwallis, Charles, 4, 27, 57, 110, 126
Coronado, Francisco de Paula, 68
Cumaná, 41

D

d´Estaing, conde, 46, 49, 60, 61, 62
Diario de la Marina, 8, 68, 140
Díaz Albertini y Cárdenas, Oscar, 67, 68, 70
Dobb´s Ferry, 86
Doniol, Henri, 30, 113, 117, 123, 125, 126, 132, 139
Dull, Jonathan R., 23, 27, 28, 29, 31, 82, 114, 125, 139

E

Engageante, fragata, 118, 119
España, xii, xiii, xv, 3, 12, 13, 15, 19, 20, 29, 31, 33, 34, 37, 39, 41, 42, 43, 46, 59, 65, 70, 75, 77, 78, 79, 80, 81, 82, 83, 85, 86, 87, 88, 89, 90, 91, 92, 93, 94, 95, 101, 105, 114, 115, 139, 142, 143, 145, 146
Estados Unidos de América, 3, 4, 8, 19, 24, 34, 68, 69, 70, 74, 77, 78, 79, 94, 95, 99, 105
Ezpeleta, José de, 100

F

Felipe IV, Rey de España, 59
Ferguson, James, 109, 110, 124, 139
Ferrer del Río, Antonio, 79, 139
Fina García, Francisco, 104, 140
Fleming, Thomas, 25, 140
Florida, 16, 20, 34, 35, 36, 43, 46, 78, 83
Floridablanca, conde de, 79, 83, 91, 92, 94, 139
Fonsdeviela y Ondeano, Felipe de, marqués de la Torre, 36
Francia, xi, xiii, 3, 12, 19, 20, 23, 24, 27, 30, 33, 34, 51, 58, 60, 64, 73, 74, 78, 80, 82, 83, 86, 94, 115, 119, 121, 122, 133, 141
Francis, Tench, 110, 124

G

Gálvez y Gallardo, José, marqués de Sonora, 33, 35, 36, 37, 40, 51, 93

Gálvez, Antonio, 33
Gálvez, Bernardo, 33, 34, 35, 36, 37, 39, 40, 42, 51, 77, 78, 79, 87, 88, 89, 91, 138, 143
Gálvez, Matías, 33, 42
Gálvez, Miguel, 33, 40
Gayarré, Charles, 36, 140
Georgia, 79
Gibraltar, 20
Gillon, Alexander, 88
Glascock, Melvin Bruce, 14, 51, 52, 140
Golfo de México, 20, 34, 35
González de Castejón, marqués, 89
González, Manuel, 37
Goodrich, Casper F., 19, 140
Goussencourt, Chevalier de, 28, 45, 46, 47, 48, 60, 81
Gran Bretaña, 3, 19, 20, 23, 25, 34, 57, 63, 75, 78, 80, 86, 92, 93
Grasse, conde de, 4, 8, 13, 14, 15, 28, 29, 30, 31, 43, 45, 46, 47, 51, 55, 57, 58, 59, 60, 61, 62, 63, 64, 65, 68, 69, 73, 74, 81, 82, 88, 101, 108, 113, 114, 115, 117, 119, 121, 125, 137, 139, 140, 142, 145, 146
Graves, Thomas, 29, 57
Guarico. *See* Cabo Francés
Guatemala, 33, 41, 42
Guerra de los Siete Años, 33
Guerra Sánchez, Ramiro, 8, 67, 68, 70
Gutenberg, Johannes, 59
Guzmán, Gaspar Cruz de, 59

H

Habana, La, 3, 4, 7, 8, 11, 12, 13, 14, 15, 20, 31, 34, 35, 36, 37, 41, 42, 45, 46, 47, 51, 52, 54, 55, 57, 59, 63, 64, 65, 67, 68, 69, 70, 74, 75, 77, 81, 85, 86, 89, 90, 92, 99, 100, 101, 104, 105, 107, 113, 115, 126, 137, 138, 140, 141, 143, 144, 145, 146
Hamilton, Alexander, 95
Hernández, Rafael, 15
Holanda, 3, 19, 86
Hood, Samuel, 45
Hudson, río, 86
Hunt, Gaillard, 91

J

Jamaica, 20, 31, 41, 42, 43, 73, 74, 82, 90, 92
Jay, John, 79, 83, 90, 91
Johnson, Sherry, 36, 141
Juan Carlos I, Rey de España, 77
Jusserand, Jean Jules, 118, 141

K

Keane, John, 127, 141
Kennett, Lee, 52, 117, 118, 119, 120, 121, 141
Kingston, 74

L

Lacour-Gayet, G, 48, 58, 141
Lafayette, marqués de, 27, 57, 83
Lagarde, Chauveau, 73, 141
Laughton, John Knox, 61, 141
Laurens, John, 109, 126, 127
Le Brasseur, Alexander, 63

Le Cap. *See* Cabo Francés
Le Riverend Brusone, Julio, 14, 100, 141
Lee, Arthur, 79
Lewis, Charles Lee, 65, 68, 69, 70
Lewis, James A., 13, 14, 15, 16, 21, 54, 55, 64, 74, 103
Lilancourt-Taste, Jean de, 61, 62, 63
Lincoln, Benjamin, 108, 109
Livingston, Robert, 91, 92
Llaverías, Joaquín, 68
López Ganuza, José Manuel, 100
Luis XIV, Rey de Francia, 20, 34
Luis XVI, Rey de Francia, 11, 19, 20, 24, 46, 48, 58, 60, 63, 64, 81, 93, 107, 109
Luisiana, 33, 34, 35, 39, 51, 93
Luzerne, Chevalier de La, 87, 88, 109, 110

M

Mackenzie, Frederick, 29
Madariaga, Salvador de, 90
Magicienne, Le, fragata, 118, 119
Mahan, Alfred T., 63, 142
Manchac, 35
Manhattan, 86
Marañón, Gregorio, 59, 142
Marien y Arróspide, Tomás Antonio de, 114, 142
Márquez Sterling, Carlos, 8, 142
Marrero Artiles, Leví, 90
Martí Pérez, José, 59
Martínez Hoyos, Francisco, 90, 142
Martinique, 29, 31, 41
Matanzas, 47, 68
Mayorga, Martín de, 51, 52
McKean, Thomas, 87, 88

México, 8, 13
Miralles, Juan de, 79
Miranda, Francisco de, 8, 73, 74, 90, 99, 141, 142, 143
Mississippi, 20, 34, 35
Mitchell, Barbara A., 53, 108, 126, 142
Mobila, 35, 36, 37
Moñino y Redondo, José. *ver* Floridablanca, conde de
Monteil, Chevalier de, 45, 46
Morales Padrón, Francisco, 16, 33, 37, 40, 61, 144
Morris, Robert, 108, 109, 110, 126, 127

N

Narragansett, bahía de, 28
Natchez, 35
Navarro y García de Valladares, Diego José, 35, 36, 37, 42, 100
Navia y Bellet, Victorio de, 11, 12, 36, 42
New York, 7, 8, 12, 15, 23, 24, 25, 27, 29, 30, 36, 61, 67, 68, 85, 86, 87, 90, 95, 105, 108, 110, 115, 118, 122, 127, 137, 138, 139, 140, 141, 142, 143, 145, 146
Newport, 24, 28, 119, 121, 122, 123, 132, 133
Nueva España, 33, 34, 35, 42, 52, 54
Nueva Orleans, 35
Nueva Providencia. *See* Bahamas

O

O'Reilly, Alejandro, 39

P

Pacto de Familia de 1761, 20, 78, 80, 93
Paine, Thomas, 126, 127
Panzacola, 11, 34, 35, 37, 41, 42, 45, 73, 79, 83, 85, 86, 87, 88, 91, 92, 93, 143
París, 7, 34, 46, 51, 59, 65, 73, 78, 79, 80, 82, 93, 109, 115, 137, 138, 139, 141
Parker, William Belmont, 67, 143
Pearson, Drew, 67
Peñalver y Cárdenas, Ignacio, 14, 51, 103
Pérez Alonso, Manuel Ignacio, 14, 61, 144
Pérez Cabrera, José Manuel, 8, 73, 74
Pezuela, Jacobo de la, 12, 36, 143
Philadelphia, 82, 87, 93, 109, 117, 118, 124, 126, 137, 146
Pinckney, Thomas, 89
Port Royal, 29
Port-au-Prince, 65
Portell Vilá, Herminio, 8, 105, 143
Portugal, 33
Prado Ameno, marqués de, 100
Providence, 59, 88, 90, 92, 122, 123, 138, 144
Puerto Plata, 82
Puerto Rico, 46
Pulitzer, Premio, 7, 68, 118

R

Rappleye, Charles, 108, 109, 110
Recio Morales, Óscar, 40, 143
Rendón, Francisco, 80, 86, 87, 88, 89, 93

Reparaz, Carmen de, 34, 35, 36, 37, 42, 51, 52, 79, 143
Résolue, fragata, 109, 124, 126
Rexach, Rosario, 8, 143
Reynaud, conde de, 61, 62
Rice, Jr., Howard C., 59, 65
Roa Trevera, Ramón, 59
Rochambeau, conde de, 11, 12, 23, 24, 27, 28, 30, 45, 46, 47, 57, 59, 86, 87, 108, 109, 113, 114, 115, 117, 118, 121, 122, 123, 124, 125, 126, 127, 138, 141, 143, 144, 145, 146
Rochambeau, vizconde de, 30
Rodney, George, 29, 58, 63
Rodríguez García, Rolando, 3, 15, 144
Roig de Leuchsenring, Emilio, 74, 104, 144
Ruiz, Pedro, 90

S

Saavedra, Francisco de, 13, 14, 16, 20, 33, 36, 37, 39, 40, 41, 42, 45, 46, 47, 48, 51, 52, 53, 54, 55, 60, 61, 62, 63, 74, 81, 82, 89, 90, 101, 113, 114, 142, 144
Sagittaire, navío de línea, 28, 30, 117, 118, 119, 121, 122, 123, 124
Saint Domingue, 30, 60, 62
Saint Simon, marqués de, 7, 8, 11, 12, 46, 57, 63, 68, 69, 113, 114, 141
Saintes, batalla de les, 13, 58, 59, 64, 82
Saint-Méry, M. L. E. Moreau de, 63, 143
Salcedo-Bastardo, J. L., 73, 142

San Antonio Abad o de los Baños, 104
San Juan, río, 33
San Pedro Xiqués, Enrique, 35, 144
Sanguily, Manuel, 59
Santa Cruz, Bárbara. *See* Cárdenas de Montehermoso, marquesa de
Santa María de Loreto, conde de, 100
Santiago de las Vegas, 104
Santo Domingo, 11, 14, 15, 47, 100, 104, 113, 145
Santovenia Echaide, Emeterio S., 8, 74
Savannah, 60, 61
Selig, Robert, 114, 120, 123, 124, 141, 145
Serrano Álvarez, José Manuel, 100, 145
Shea, John Gilmore, 29, 58, 59, 61, 65, 137, 140, 145
Smith, D. E. Huger, 89
Smith, Jr., Fitz-Henry, 118
Smith, Paul H., 89
Solano, José, 37, 42, 51, 82, 89, 113
South Carolina fragata, 89
Sparks, Jared, 87, 88, 92, 109, 145
Sumner, William Graham, 110, 114, 145
Syms, Mr., 85

T

Tarlé, Benoit Joseph de, 108, 114, 117, 118, 120, 121, 122
Tejera, Eduardo J., 8, 15, 125, 145
Ternay, Chevalier de, 27, 28
Thomas, Hugh, 25, 29, 137, 140, 146
Tomasco, Juan Bautista, 42
Topping, Aileen Moore, 16, 89, 144, 146
Tornquist, Karl Gustaf, 82
Torres Cuevas, Eduardo, 15, 146
Tratado de París de 1763, 34
Traversay, marqués de, 48, 53
Trece Colonias, xi, xii, xv, 19, 20, 23, 24, 34, 46, 78, 79, 80, 87, 92, 93, 94, 99, 107
Trelles, Carlos M., 68
Trevelyan, George Otto Bart, 61

U

Urriza, Juan Ignacio de, 51, 52, 53, 54, 90, 100, 104, 137

V

Valdés Navarrete, Antonio Abad, 100
Valdés, Antonio José, 92, 146
Vera Cruz, 14, 52, 100
Ville de Paris, navío de línea, 58, 59
Virginia, 27
Vivanco, Julián, 104, 105, 146

W

Ward, Christopher, 27, 146
Washington, George, 4, 11, 20, 24, 27, 28, 59, 67, 77, 79, 80, 85, 86, 88, 89, 91, 95, 99, 107, 108, 109, 110, 114, 115, 141, 145, 146

Wharton, Francis, 91, 108, 127, 146
Whitridge, Arnold, 23, 30, 117, 146

Y

Yela Utrilla, Juan Francisco, 79, 83, 87, 93, 94, 95, 146

Yorktown, 3, 4, 7, 13, 14, 27, 30, 57, 58, 63, 65, 67, 69, 73, 80, 107, 108, 110, 113, 114, 124, 127

www.ingramcontent.com/pod-product-compliance
Ingram Content Group UK Ltd.
Pitfield, Milton Keynes, MK11 3LW, UK
UKHW022226230426
12048UKWH00016BA/1098